गुरुकुल

[एक अधूरी कहानी]

अनीता राकेश

जन्म : 3 अगस्त, 1941, लाहौर में।

शिक्षा : आरम्भिक शिक्षा मसूरी के हैम्प्टन कोर्ट स्कूल में, बाद में बी.ए., बी-एड.।

कुछ वर्ष स्प्रिंगडेल और मॉडर्न स्कूल में पढ़ाया।

हेनरी जेम्स की पुस्तक *पोर्ट्रेट ऑफ लेडी* तथा एडिता मॉरिस की पुस्तक *फ्लावर ऑफ हिरोशिमा* का हिन्दी में अनुवाद।

दूरदर्शन पर दिखाए जा रहे 'पत्रकारिता' प्रोग्राम की नींव कमलेश्वर जी और अनीता जी ने डाली थी, और काफी दूर तक चलाया था। उन दिनों प्रोग्राम लाइव व चुनौतीपूर्ण हुआ करते थे।...और वह प्रोग्राम आज तक सफलतापूर्वक चल रहा है।

लेखन : "आधा-अधूरा...क्योंकि जब लेखन करना था, तब समय व्यर्थ और बेवजह निकल गया...और मैं मात्र उसमें से गुजरती गई...जिसका अंत 'सतरें और सतरें', और कुछ नहीं।

अलबत्ता एक कहानी-संग्रह *एक दूसरा अलास्का*। फिलहाल...बस इतना ही।"

आवरण : राधाकृष्ण स्टूडियो

अनीता राकेश

गुरुकुल

[एक अधूरी कहानी]

राधाकृष्ण पेपरबैक्स

पहला पुस्तकालय संस्करण
राधाकृष्ण प्रकाशन प्राइवेट लिमिटेड द्वारा
2008 में प्रकाशित

राधाकृष्ण पेपरबैक्स में
पहला संस्करण : 2008

राधाकृष्ण पेपरबैक्स : उत्कृष्ट साहित्य के जनसुलभ संस्करण

राधाकृष्ण प्रकाशन प्राइवेट लिमिटेड
7/31, अंसारी मार्ग, दरियागंज
नई दिल्ली-110 002
द्वारा प्रकाशित

शाखाएँ : अशोक राजपथ, साइंस कॉलेज के सामने, पटना-800 006
पहली मंजिल, दरबारी बिल्डिंग, महात्मा गांधी मार्ग, इलाहाबाद-211 001

वेबसाइट : www.radhakrishnaprakashan.com
ई-मेल : info@radhakrishnaprakashan.com

बी.के. ऑफसेट
नवीन शाहदरा, दिल्ली-110 032
द्वारा मुद्रित

मूल्य : रु. 65.00

आवरण : राधाकृष्ण स्टूडियो

GURUKUL
(Novel) by Anita Rakesh

ISBN : 978-81-8361-227-2

स्वर्गीय गुरुबख्श सिंह जी
की मधुर स्मृति में

एक अपील

इस पुस्तक में जो भी विचार या फिर मान्यताएँ दी गई हैं वह (स्व.) गुरुबख्शजी की निजी हैं।

उनके विचार या फिर मान्यताओं से यदि किसी भी जाति, वर्ग या फिर किसी भी धर्म की संवेदनाओं को ठेस पहुँची हो तो उसके लिए कर्नल क्षमाप्रार्थी थे।

साथ-साथ यदि उनके विचार किसी भी एक या अधिक व्यक्ति की मान्यता से मेल खाते हों तो इसे संयोग ही समझें।

धन्यवाद।

भूमिका

इस पुस्तक में मात्र दो पात्र हैं। एक कर्नल और दूसरा पार्थ। दोनों रिटायर्ड हैं। कर्नल पढ़ा-लिखा जागरूक इन्सान है और पार्थ एक सामान्य व्यक्ति जो हमारी आबादी का एक अहम हिस्सा है।

कर्नल और पार्थ रोज़ शाम को मिलते हैं, शराब पीते हैं और किसी न किसी विषय पर चर्चा कर शाम गुज़ारते हैं। कभी-कभी बातें देर रात तक खिंच जाती हैं क्योंकि पार्थ उन मसलों को ठीक से जानना और समझना चाहता है।

बातें आम परिवारों और रोज़मर्रा के अख़बारों की सुर्ख़ियों से शुरू होती हैं, जहाँ कॉरपोरेट संस्कृति की वजह से परिवार दूर हो रहे हैं। उनकी बातें इस पर भी प्रकाश डालती हैं कि आज जो हो रहा है उसका परिणाम आगे जाकर क्या होगा ?

अन्त में पुरुष समलैंगिकता पर बात आ पहुँचती है जहाँ सामान्य व्यक्ति उनके नाम से भी भयभीत है, जबकि यह लोग समाज के प्रति किसी भी तरह हानिकारक नहीं, बल्कि अपनी ही समस्याओं से घिरे हुए हैं। हाँ, समाज ज़रूर इन पर निर्भर करता है। यह पढ़े-लिखे नौजवान हैं जो समाज उत्थान के प्रत्येक क्षेत्र में लगे हुए हैं।

समझनेवाली बात यह है कि हमारा समाज बुनियादी समस्याओं, विशेषकर एड्स से ध्यान हटाकर गे समस्या को तूल दे रहा है, जबकि यह पलायनवादी है। गे

कम्युनिटी अपने में बीमारी नहीं लेकिन एड्स है। हम गे-कम्युनिटी को खत्म करने में लगे हुए हैं न कि एड्स को जो न सिर्फ़ गेज़ से फैल रहा है, बल्कि पूरे समाज से। प्लेटफार्म से उठाए छोटे बच्चे जुवेनाइल होम्स में भरे पड़े हैं जहाँ इन बच्चों का शोषण हो रहा है।

गे किस तरह समाज का एक अहम हिस्सा हैं, समझाने का प्रयास इस पुस्तक में किया गया है। यह तरस खानेवाला नहीं, बल्कि समझनेवाला समाज है। साथ ही यह 'रहम' या फिर 'हीन भावना' के क़ायल भी नहीं।

मेरी पुस्तक में एक या अधिक पृष्ठ
कमलेश्वर जी
के लिए सुरक्षित होते हैं...
अतः इस बार यह पृष्ठ उनके नाम...
एक श्रद्धांजलि

कमलेश्वर जी के पैड
पर एक ही लाइन लिखी हुई थी,
"मैं यहाँ बहुत ही विनम्र होकर
ये कहना..."
और शेष पृष्ठ ख़ाली था, मानो
कह रहे हैं कि अब मुझे जाना होगा।

विनीत
अनीता राकेश

मैंने कभी लम्बा नहीं लिखा, मेरा मानना है कि पाठक खुद सजग और जागरूक है। इस उपन्यास की संरचना और उद्देश्यों को भी वह समझेगा, ऐसी मेरी मान्यता ही नहीं, विश्वास है!

अ.रा.

क्रम

वो अधेड़ उम्र का ज़रूर था लेकिन अच्छे क़द-बुत के साथ थोड़ा-बहुत स्वास्थ्य भी रखता था। एक रिटायर्ड उम्र के बावजूद परशियन कार्पेट पर बेहतरीन चहलक़दमी कर उसे दोनों तरफ से नाप सकता था।

हाथों को आपस में मसलता वह बड़ी अधीरता और गम्भीरता के साथ बाहर पोर्टिको में किसी वाहन के 'वाहक' की प्रतीक्षा में बार-बार आँखें दौड़ा रहा था।

उसे हमेशा की तरह आज भी अपने फ़ैसले पर गुस्सा आ रहा था।

उसने कभी भी सही फैसले नहीं लिए, वो चहलक़दमी करते हुए सोच रहा था। साथ ही पूरा ध्यान उसका बाहर लगा हुआ था।

क्या सन्तोष के साथ विवाह गलत फ़ैसला नहीं था ? एक बार 'हाँ' कर देने के बाद 'ना' करना उसकी फ़ितरत नहीं थी। फ़ौजी जो ठहरा; ज़बान का पक्का। लेकिन बिना सोचे-समझे 'हाँ' करना भी तो कोई फौजियत नहीं।' क्योंकि न तो वो बदसूरत था, ना 'बेकार', ना ही नपुंसक। तो फिर...मात्र एक 'हाँ' के आगे मजबूर !

इस सब के बाद भी फ़ौज ने उसे तन्दरुस्ती और शरीर में ग़ज़ब की ऊर्जा दी हुई थी, जिससे वो खुश भी था और नाराज़ भी, क्योंकि अपने अन्दर के ईंधन की गर्मी वो आज भी पूरी तरह सोख नहीं पाता था। या तो वो अधिकतर खुश रहता या फिर अपने आस-पास से नाराज़ क्योंकि वहाँ वो अपने ईंधन को फुँकने के लिए छोड़ भी नहीं सकता था। कोई था जो नहीं !

अपनी क़मीज़ की बाँहों को उसने लपेटकर ऊपर चढ़ाया हुआ था

जिससे उसकी मांस-पेशियाँ और गले की रगें उसके सुडौलपन को दर्शा रही थीं। पाईप से कश खींचते समय गले की नसें फूलतीं और नशीली आँखें चमकतीं। पूरी रात शराब पीने पर भी वह निढाल नहीं हो पाता था, बल्कि उसके जिस्म की गर्मी उसे ललकारने पर मजबूर करती और वो हताश हो सोफ़े पर बैठ जाता या फिर गाड़ी ले कहीं निकल जाता। हालाँकि पिछले पाँच वर्षों से उसकी शामों में गुड्डू की वजह से काफ़ी फेरबदल आ चुका था।

सन्तोष को पहली बार उसने ओढ़े हुए लिबास में देखा था—जब उसने 'हाँ' की थी। लेकिन शादी से पहले जब वो उसे एक डिपार्टमेंटल स्टोर में विवाह की शॉपिंग करते मिली तो वो उसे ठूँठ-सी लगी। लगा मानो सन्तोष को भी उसे अपनी यूनीफार्म के साथ हेंगर पर ही टाँगना होगा। उफ़ !

वो 'स्किन्नर' कैवेलरी से था, जो 'सर्विसेज' का एक बहुत ही चुनिन्दा सेक्शन होता है।

लेकिन इस ओहदे में सन्तोष कहीं 'फिट' नहीं बैठती थी। भले ही उसका क़द कर्नल से मेल खाता था लेकिन 'बुत' क़तई नहीं।

कर्नल को प्रतीक्षा ज़रा पसन्द नहीं थी। एक तो वह फ़ौजी के खून में होती ही नहीं, दूसरे उसका ध्यान फालतू के कल से जा भिड़ता है, जिसे वो सपने में भी नहीं जीना चाहता।

ऐसे में एक 'अम्बैसडर' पोर्टिको में आकर रुकी। गुड्डू के पास पहुँचने पर कर्नल की नज़रें उठीं।

"मैन यू आर लेट बाई 5.30 मिनट्स।"

"ओनली," गुड्डू ने हमेशा की तरह 'ओनली' जोड़ा, और पास के सोफ़े पर पसर गया, मानो वो वहाँ रहने आया हो।

"यू नो मैन, हम लोग फ़ौजी हैं और फ़ौजी का एक सेकंड लेट होना अपने देश को हाथ से धोना माना जाता है। दिस इज़ द लास्ट वार्निंग आई एम गिविंग यू।"

"एग्रीड सर," गुड्डू ने वातावरण और कर्नल को शान्त करने की कोशिश में कहा।

यूँ तो गुरुबख्श सिंह अपने कैडर में 'गुरु' नाम से जाना जाता था लेकिन गुड्डू की हिम्मत 'सर' तक ही सीमित थी।

"ओके-ओके ब्रदर," कर्नल ने बड़ी मेहरबान आवाज़ में कहा, मानो किसी जज ने 'सस्पेंड' का ऑर्डर दिया हो।

टेबल पर हमेशा की तरह दो चमकदार शरबती रंग के गिलास, बर्फ़ और जानी वॉकर प्रतीक्षा में थे। साथ ही चाँदी की तशतरियों में पिश्ता और काजू।

कर्नल के सोफ़े के पास हमेशा की तरह उनका 'बुलडॉग' पैर पसारे अँगड़ाइयाँ ले रहा था, क्योंकि कर्नल के सोने से पहले उसे और 'लैना टर्नर' यानी उनकी बिल्ली को सोने की इजाज़त नहीं थी। कर्नल ने ड्रिंक्स बनाए लेकिन पिघली बर्फ़ देखकर उसके मुँह से 'शिट' निकला। सुनते ही उनका बुलडॉग एक आवाज़ निकाल उठकर तैनात खड़ा हो गया। लेकिन दूसरे ही क्षण उन्होंने 'सिट-शिट' चिंघाड़ा और वो इत्मीनान के साथ बैठ गया। उसके बाद वो रहीम आर्डर्ली के लिए चिल्लाए और ताज़ी बर्फ़ लाई गई।

"ऐसा तब होता है दोस्त जब कोई टाइम का पाबन्द न हो। कोई भी चीज़ आपका इन्तज़ार नहीं करती। नोट दिस पांइट वेल।"

कहते साथ कर्नल उठकर ड्राइंगरूम में तैनात चीते के सिर पर हाथ फेरता हुआ बोला, "एक सेकंड और...या जरनेल सिंह ही न होते और न 'गुरबख्श सिंह' ही पैदा होता...यह तो कहो कि हमारा परिवार एक सेकंड पर पला बड़ा हुआ है।" और उनकी हँसी किसी चीते की चिंघाड़ से कम नहीं थी।

गुड्डू यों देखता और सुनता रहा मानो अब भी एक सेकंड में कुछ का कुछ हो सकता था। कर्नल की पीठ हुई तो उसने दीवार पर टँगी दो तिरछी राइफ़लों पर नज़र दौड़ाई। फिर जल्दी से पलटकर बोला, "वैल सेड सर, वैल सेड।" "हम्म की आवाज़ निकालकर कर्नल ने 'लैना' को अपनी बाँहों में ले लिया और फिर सोफ़े पर बैठकर उसे गोद में समेटते हुए बोले,

"जानते हो लैना एक मिनट में प्रेगनेंट हो जाती है।" फिर थोड़ा रुककर बोले, "यह मैं इसलिए कह रहा हूँ दोस्त क्योंकि मैंने आसपास कोई ज़्यादा बिल्लियाँ नहीं देखी हैं, जबकि मेरी नज़र किसी 'गिद्ध' से कम नहीं... और ना ही मैंने इसे कभी घर से ग़ायब ही पाया है...'सम वंडर', और उन्होंने लैना को छाती से लगा लिया, जिसपर 'लैना' ने एक प्यारा-सा सुर निकाला।

कहते साथ ही वह अपने 'बुलडॉग' पर बरसे, ''और एक यह 'बुलशिट' है, जो किसी काम का नहीं।''

अपना नाम सुन कुत्ता आर्डर पर खड़ा हो गया और दुम हिलाने लगा। कर्नल चिंघाड़ा।

''नाऊ सिट, बुलशिट।'' और वो वहीं झाग हो बैठ गया।

यों तो गुड्डू को कर्नल के घर आते पूरे पाँच वर्ष हो चले थे, लेकिन आज भी उसे वहाँ हर रोज़ एक नया दिन, एक नया माहौल मिलता...नई बातें नई जानकारी लिए हुए। वो कर्नल को यों देख रहा था, मानो पहली बार देख रहा हो, और यों सुन रहा था मानो पहले कभी न सुना हो।

''ग्रेट,'' गुड्डू के मुँह से सरासर निकला। साथ ही उसे लगा कि उसे अपना ध्यान 'बुलशिट' पर ज़्यादा देना चाहिए, क्योंकि कर्नल के अनुसार वो किसी काम का नहीं है।

वो उसे ग़ौर से देख ही रहा था कि कर्नल बोला, ''पता नहीं यह कैसा मर्द है ? आज तक कोई बच्चा नहीं पैदा कर सका...'' फिर थोड़ा और गम्भीर होकर बोले, ''मैंने इसके 'वेट' से इसकी पूरी जाँच करवाई तो वो बोला, 'यूँ तो सब कुछ नार्मल है कर्नल...शायद कोई मानसिक बीमारी है।' अब इसे किसी 'साएकाट्रिस्ट' के पास तो नहीं भेजा जा सकता था !'' कहकर कर्नल हो-होकर हँसा।

कर्नल का मूड ख़राब न हो जाए इसलिए गुड्डू ने ठीक नहीं समझा कि वो उसे सुझाए कि बच्चे तो कुतिया देती है कि इतने में कर्नल बोला, ''हमारे पड़ोस में जब लोगों की कुतिया बच्चे देती है तो वो लोग बच्चों के बाप के घर मिठाई का टोकरा लेकर आते हैं। लेकिन यहाँ तो एक टुकड़ा तक नहीं पहुँचा।''

और वो फिर हँसे। सुनते ही गुड्डू के कान लाल हो गए। उसे लगा कि वो भी एक सेकंड से ही बच गया नहीं तो कर्नल उसको छोड़नेवाला नहीं था कि क्या वो उसे अपने जैसा बेवकूफ समझता है।

गुड्डू का ध्यान बँटा। कर्नल कह रहा था, ''इसका वेट इसे मानसिक तौर पर बीमार समझता है। हमारी ज्यूडिशियरी की नज़र में 'सिक' 'डिजीज़्ड' और 'मैंटूली इल' को 'गे' कहते हैं।''

यद्यपि गुड्डू कुछ समझा नहीं, लेकिन कर्नल की हँसी में योगदान देना उसने लाज़मी समझा।

अगली शाम ड्रिंक बनाते समय कर्नल ने गुड्डू से अचानक पूछा, ''तुम्हारा सेक्स के बारे में क्या विचार है ?

प्रश्न का क्या उत्तर होना चाहिए, यह गुड्डू की समझ में नहीं आया। फिर भी बोला, ''ठीक है...अच्छा है सर...'' फिर थोड़ा झिझकते हुए बोला, ''ज़रूरी भी है सर...''

कहने के साथ ही वो कर्नल की शक्ल को ध्यान से देखता रहा कि कर्नल को उसके बताए तीन विचारों में से कौन-सा ठीक लगा।

''यह तो सबको मालूम है, लेकिन तुम सेक्स किसलिए करते हो ?''

अब गुड्डू को यह एक टेढ़ा प्रश्न लगा। उत्तर था कि 'सब करते हैं' फिर इसमें और क्या कहा जा सकता है। उसे अपना ध्यान काजू-पिश्ते में देना ज़्यादा बेहतर लगा। कुछ उत्तर न आने पर कर्नल बोले,

''एक लेखिका हैं...उर्मिला दास। उनका कहना है कि सेक्स तभी करना चाहिए, जब आपको बच्चे चाहिए। अन्यथा नहीं।''

''मने शादी के बिना या फिर 'बच्चे' की इच्छा बिना सेक्स अलाउड ही नहीं है ?'' वो ऐसे बोला मानो वो सेक्स करता पकड़ा गया हो। उसके चेहरे-मोहरे पर हवाइयाँ उड़ने लगी।

कर्नल को गुड्डू की उत्तेजना अच्छी लगी, नहीं तो वो हमेशा 'यस सर' ही बना रहता था।

फिर बात को आगे बढ़ाते हुए कर्नल बोले,

''यों, तुम तो शादी के बिना सेक्स को ग़लत नहीं समझते न ?'' कर्नल ने सीधे उसे देखते हुए पूछा।

गुड्डू थोड़ा सँभला। उसे अब होश आया कि उसने क्या कह दिया था। लेकिन चारा कोई नहीं था, और दूसरी तरफ उत्तर की ज़बर्दस्त दरकार थी।

''जैसा भी जिसे ठीक लगे सर...'' वो थोड़ा हिचकिचाया और उसका जाम उछल गया।

''नो फ़ीयर्स डियर' तुम इस उम्र में भी नहीं खुल सकते तो सारी उम्र करते क्या रहे हो ?''

''सेक्स।'' उसके मुँह से बरबस निकला।

कर्नल ने अब ऐसा ठहाका लगाया कि 'लैना' और बुलशिट ने भी करवट बदली। फिर बोला, ''ब्वॉय ओह, ब्वॉय।''

गुड्डू मध्यम क़द का दुबला-पतला अपनी ही तरह की मासूमियत लिये हुए था। एक ऐसा चेहरा जिस पर जितनी जल्दी कर्नल गुस्सा करता उतनी ही जल्दी उनका गुस्सा ग़ायब भी हो जाता।

"डियर, तुम सच में ही सठिया गए हो," इस बार कर्नल का जाम उछला। गुड्डू एक ख़िसियानी-सी मुस्कराहट के साथ सोफ़े पर सिकुड़ गया।

पाँच वर्ष पहले कर्नल और गुड्डू एक केमिस्ट शॉप पर मिले थे। गुड्डू 'कंडोम' का पैकेट अपने ब्रीफ़केस में डाल रहा था और कर्नल ने गुड्डू के ब्रीफ़केस बन्द करते समय उसे कुछ इस तरह 'हेलो' बोला, मानो उसके आगे भी बात जारी रखना चाहेगा। इस पर गुड्डू को वहाँ रुकना ज़रूरी लगा। वो कर्नल के ख़ाली होने की प्रतीक्षा करता रहा।

"आई ऐम कर्नल गुरुबख्श सिंह," उन्होंने हाथ मिलाते हुए कहा।

"सर आई एम 'गुड्डू'," उसने मुस्कराते हुए कहा, और वो दोनों दुकान से बाहर आ गए।

"कहीं जा रहे हो?"

"जी...घर।"

"कहाँ रहते हो ?"

"यहीं, पाँच ब्लॉक छोड़कर।"

"और मैं यहाँ से दस ब्लॉक पर हूँ। अगर जल्दी नहीं तो घर चलो, कॉफी पिएँगे," और वो चल दिए।

लेकिन उस दिन से आज तक गुड्डू का सीखना-समझना आज भी जारी था।

"तुम सेक्स क्यों करते हो ?" कर्नल ने अब ऐसा सपाट सवाल पूछा जिससे गुड्डू आधा ज़मीन में धँस गया।

इस विषय में गुड्डू की बुज़दिली कर्नल से छिपी नहीं थी। वो पहले भी कई बार सेक्स पर प्रश्न कर उसे परेशान कर चुका था। शायद उसकी

मासूमियत की वजह से ही वो गुड्डू के साथ पाँच वर्ष गुज़ार सके थे क्योंकि वो यह जानते थे कि ज़्यादा ज़बान चलानेवाला व्यक्ति उन्हें भाता भी नहीं। इस सबके साथ-साथ वो यह भी जान सके कि कैसे कुछ लोग समय के साथ 'ग्रो' नहीं कर पाते और एक सुखद-सी मासूमियत लिये हुए होते हैं। साथ ही मनोरंजन का साधन भी। वो गुड्डू पर अब मन्द-मन्द मुस्कुराए।

"शायद इसलिए कि सब करते हैं।" गुड्डू हकलाया।

"न तो तुम्हें छुपाना ही आता है और न बताना ही। अच्छा यह तुम्हें कैसे पता कि सब करते हैं ?"

"शायद करना पड़ता है।" गुड्डू अब रुआँसा हो चुका था।

"पिस्तौल की नोक पर ?" कर्नल अब गरजा, क्योंकि अब उनसे गुड्डू की ढेंचू-ढेंचू चाल बर्दाश्त नहीं हो रही थी।

वो थोड़ी हिम्मत बटोरकर दुःखी-सा होकर बोला, "मेरे ख़्याल से आजकल सेक्स कुछ ज़्यादा ही बोला जाता है सर..."

वो आगे कुछ बोले इससे पहले ही कर्नल बोला, "महज़ बोला ही नहीं, खुलेआम बिकता है, सड़कों, फुटपाथों, नदी-नालों और जगह-जगह पर। लेकिन तुम कैसे जानते हो ?"

"सर वक्त काटने को थोड़ा-बहुत पढ़ लेता हूँ।"

"जैसे?" अब कर्नल की भौंहें तनी।

"यही आम मैगज़ीनों में। हमारे समय में यह शब्द तक वर्जित था... और नदी-नालों का तो मुझे अभी पता चला है।" उसे लगा उसने विषय समाप्त कर दिया है।

"पोर्न?"

अब वह उछला। "नहीं सर, बिल्कुल नहीं।" और वो शराफ़त जताने को हाथ मलने लगा।

"क्यों, वर्जित है ?" अब कर्नल ने ठहाका लगाया।

"नहीं तो...लेकिन सर...अच्छा नहीं लगता..."

"क्यों भाई सेक्स करते हो तो देखने में क्या हर्ज है ? यह तो वो बात हुई कि किताब तो पढ़ी है लेकिन उस पर फिल्म नहीं देखूँगा !"

कर्नल ने एक-एक पैग और बनाया।

"नहीं, ऐसी तो कोई बात नहीं..." फिर पलटकर बोला, "सर इस पर फिल्म भी बनी है ?" कहते साथ ही गुड्डू की घिग्गी बँध गई। उसे अपना

सवाल एक नंगापन लिये लगा। कुछ देर इन्तज़ार करने पर जब कोई उत्तर नहीं आया तो उसे महसूस हुआ कि उसने मूल प्रश्न का उत्तर नहीं दिया था। जल्दी से बोला,

"सर ऐसी तो कोई बात नहीं..." उसने एक घूँट भरा और तिरछी नज़रों से कर्नल को भाँपने लगा।

"चलो छोड़ो, बाक़ी अगली बार के लिए भी कुछ छोड़ना चाहिए।"

गुड्डू को जैसे राहत मिली, लेकिन नदी-नालों का सेक्स अब उसे नदी-नालों जितना ही दूर लगा, जिसे अब वो जानना चाहता था।

कर्नल ने अपने कार्यकाल में इतना पैसा जुटा लिया था कि वह अपने लिए एक अच्छा-ख़ासा बँगला बनवा सकता था। सन्तोष से कोई औलाद नहीं हुई थी इसलिए कोई अतिरिक्त ख़र्चा भी नहीं था। सन्तोष एक बीमार लेकिन सेवाभावी पत्नी थी। लेकिन सेक्सुअल नाबराबरी और मानसिक विचारों में मतभेद के कारण एक-दूसरे से दूर-दूर हो चले थे जिसकी वजह से कर्नल अपना ख़ाली समय गोल्फ, ब्रिज, बिलियर्ड या फिर साथियों के साथ मैस में शराब पीने और हो-हुल्लड़ मचाने में लगा देता।

इसके अतिरिक्त उन्हें हर विषय पर पढ़ने का बेहद शौक़ था। उनकी निजी लाइब्रेरी में, सुकरात, मुसोलिनी, अरस्तू, डॉ. विन्सी, फ्रायड, इब्सन, ब्रेख़्त, टॉलस्टॉय, बायरन, शेक्सपीयर, शैली, कीट्स से लेकर मन्टो, प्रेमचन्द, रांगेय राघव, निर्मल वर्मा, भीष्म साहनी, नासिरा शर्मा, कमलेश्वर, अमृता प्रीतम, उर्मिला दास, और मोहन राकेश के अलावा आर्कीटेक्चर एस्ट्रोलॉजी, मनोविज्ञान और जाने कितने विषयों पर पुस्तकें थीं।

उन्होंने अपना बँगला कॉटेजनुमा बनवाया था जिसमें हर दूसरे कमरे के बीच खुली जगह बागवानी के लिए छुड़वाई थी, जहाँ जगह-जगह चिड़ियों के लिए छोटे-छोटे लकड़ी के घर लटकाए थे जो फिर बेलों से घिरे थे।

काटेज के अन्दर एक बड़ा ड्राइंगरूम, दो बेडरूम, एक गेस्ट-रूम और एक कमरा लाइब्रेरी के लिए सुरक्षित था। किचन और पैंट्री में खुली हवादार खिड़कियाँ जिन पर जालियाँ जिससे मक्खी-मच्छर अन्दर न आ सकें।

ड्राइंगरूम और बेडरूम अलग-अलग रंग के पेस्टल शेड्स और मैचिंग

पर्दों से सुशोभित थे। साथ ही ड्राइंगरूम में तीन आर्मचेयर जिन पर कर्नल सिगार पीते आराम करते।

शाम को मित्रों के लिए बड़े-बड़े आरामदेह सोफ़े लगे हुए थे। एक छोटा-सा बार और एक चीते की ममी ड्राइंगरूम की शोभा बढ़ा रहे थे।

दीवारों पर बहुत-सा विदेशी सामान टँगा हुआ था और सामने की दीवार पर दो राइफलें।

काटेज का नाम 'ॐ शान्ति ॐ' था।

घर में प्यार बाँटने के लिए उन्होंने एक बेशक़ीमती सियामी बिल्ली पाल रखी थी, जिसे वो कहते कि उसका मुखौटा 'लैना टर्नर' से मिलता है। उसे देखने के लिए लोगों को बार-बार सिर 'टर्न' करना पड़ता था– अर्थात् एक 'टर्नर'। कुत्ते का नाम उन्हें बुलशिट के अलावा और कोई नहीं सूझा, क्योंकि उनका कहना था कि उसका चेहरा ही उसके नाम का प्रतीक है।

घर हमेशा चमकना चाहिए और धूल कहीं नज़र न आए। यह अब्दुल्ला का काम था। अफ़ग़ानी पराँठे, क़ोरमा और लज़ीज़ कबाब जो मुँह में ही पिघल जाए उसके लिए रहीम से बेहतर उन्हें कोई नहीं मिला। हैदराबादी बिरियानी सो अलग।

बादाम सूप और फ्रैश कैनेडियम मैपल सीरप के बेहद शौक़ीन। नाश्ते में कभी फ्राई और कभी स्टफ्ड आमलेट के साथ सॉसेज और एक जग संतरे के जूस को लाज़मी समझते।

सुहागरात मने 'सुलगती रात।' सन्तोष ने पहले दिन समर्पण नहीं किया, जिससे कर्नल के मन से वो हमेशा-हमेशा के लिए मर चुकी थी। यों भी जिस्मानी तौर पर वो कर्नल के लिए 'फ़िट' भी नहीं थी, इसलिए शायद कहीं कर्नल को भी कोई ज़्यादा सदमा नहीं ही हुआ, क्योंकि वो जानते थे कि उस शरीर पर इतनी मेहनत फ़िज़ूल थी लेकिन दाम्पत्य जीवन की माँग के अनुसार उन्होंने पहल ज़रूर की, जो एक हीन-भावना में तो परिणत हुई लेकिन साथ ही अपने पति होने के उत्तरदायित्व से एक तरह का छुटकारा भी दे गई। वो यह मानकर चले कि कभी-कभार, गाहे-बगाहे अपनी इच्छा

से उसे ज़रूर बिस्तर में लेंगे, लेकिन सन्तोष की ख़ातिर हरगिज़ नहीं। एक अरसे के बाद कर्नल ने उसे 'तोषी' बुलाना शुरू कर दिया था।

इसमें सन्देह नहीं कि तोषी एक ऐसे मध्यवर्गीय परिवार से थी जहाँ माँ ने समझाया होगा कि पति के आगे पहली रात में ही नहीं पसर जाना चाहिए। पति के बार-बार जिरह करने पर ही वो उसको अपना सकता है।

फिर एक बार जब तोषी ने उसे अचानक बाथरूम में हस्तमैथुन करते देखा तो चुप रही। शायद यह भी माँ ने कहा होगा कि पुरुष जो करे ठीक है। मध्यवर्गीय समझ पर हैरत किए बिना कर्नल रह न सका। ओफ़ !

इस सबके बीच तोषी की तबीयत बिगड़ती गई। वो एक टी.बी. की मरीज़ लगती। कर्नल ने एम.एच. में उसकी पूरी जाँच करवाई लेकिन रिपोर्ट नॉर्मल होती।

कर्नल जहाँ अपनी इस जिम्मेदारी को अपना फ़र्ज़ समझता वहीं तोषी की 'एक बच्चे की ललक को वह पूरा नहीं कर सका, और एक लम्बी मानसिक बीमारी लिए तोषी चल बसी।

कर्नल वेलिंग्टन की पोस्टिंग कभी नहीं भूल पाया। वो तोषी को रिस-रिसकर मरते देखता रहा।

इसके पश्चात् जब उसकी आख़िरी पोस्टिंग दिल्ली हुई तो एक लम्बी छुट्टी पर जाने के बाद वो स्वैच्छिक सेवानिवृत्ति पर चला गया।

उसके बाद कॉटेज बनवाया और विश्व भ्रमण पर निकल गया।

रामुद्र तटों पर अधनंगे मर्दों, औरतों और बच्चों को एक स्वच्छन्द उन्मुक्त ज़िन्दगी जीते देख उन्होंने मन ही मन दोहराया—"वी ऑल वांट टु बि हैप्पी बट लिव इन ए वे दैट मेक्स अस अनहैप्पी।"

कर्नल मुस्करा दिया। उसे याद नहीं आ रहा था कि उसने यह कहाँ पढ़ा था लेकिन कितना सटीक था, यह वो जानता था।

फिर देश-देश घूम कर्नल ने थोड़ी बहुत शॉपिंग की। तर्की से इविल-आई ब्रेसलेट्, वाल हैंगिंग्स, दक्षिण अफ्रीका से बेशक़ीमती मोती, अफ्रीका से मुखौटे, अरब से हुक्के, चेक रिपब्लिक से क्रिस्टल, दक्षिण अफ्रीका और उप सहारा से शैडेलियर्स, तराशी लकड़ी की नक़्क़ाशीदार चीज़ें चीन से और हाथ के बने पंखे थाईलैंड से।

इन्हीं सब चीज़ों से आज कर्नल का घर सुशोभित था।

अगली शाम गुड्डू तय करके गया था कि वो नदी-नालों के बारे में पूरी जानकारी लेकर रहेगा, इसलिए इससे पहले कि हमेशा की तरह कर्नल कोई सवाल उठाए, वह बोला, ''सर जी, आपने पिछली बार कहा था कि सेक्स जगह-जगह बिकता है ?'' उन्हें लगा कि गुड्डू सारी रात नहीं सोया। ज़ोर से ठहाका लगाकर कर्नल बोला,

''रिलैक्स बेबी रिलैक्स।''

कहते के साथ वो मन्द-मन्द मुस्कराए और पैग बनाने लगे। वो एक टक उन्हें देखता रहा।

पैग बनाते ही कर्नल उदास-सा दिखा। उसने गुड्डू से पूछा, ''तुमने आज का अख़बार पढ़ा है ?''

''क्यों ?'' गुड्डू ने ऐसे पूछा मानो उसके प्रश्न का उत्तर उसमें छपा हो।

''कितने दुख की बात है कि टेरेरिस्ट हम पर हमला करें और हमारे जवान कच्छे-लुंगी में पाए जाएँ।''

गुड्डू का चेहरा लटक गया क्योंकि यह उसके प्रश्न का उत्तर नहीं था। अपने नाराज़ चेहरे पर क़ाबू पाता वह कर्नल को यूँ देख रहा था मानो वो उसका प्रश्न ही नहीं समझे कि इतने में कर्नल बोला,

''बरमो, जो झारखंड में है उस पर माओवादियों ने अचानक रातो-रात हमला बोल दिया जब सीआईएसएफ के जवान अपनी लुंगी में बैठ रात के खाने का इन्तज़ार कर रहे थे...सुरक्षाकर्मियों ने हथियार डाल दिए...सिर्फ़ इतना ही नहीं फिर दन्तेवाड़ा में नक्सलियों ने अचानक हमला कर दिया...टू बैड एंड टू सैड, हम अपने ही देश में सुरक्षित नहीं। फिर थोड़ा और संजीदा

होते हुए बोले, "जाते समय अपने पीछे चार सैल्फ लोडिंग राइफलें पिस्टल, चार पेट्रोल बम, तीन कैन बम जो एक-एक 15 किलो के थे, हैंड ग्रेनेड, एक मोटोरोला वॉकी-टॉकी सेट, सेल फ़ोन और एक चमड़े का बैग जिसमें माओवादी लिट्रेचर था, छोड़ गए।"

फिर हैरत से बोले, "लगता है कि उनमें महिलाएँ ज़्यादा थीं, क्योंकि काफ़ी चप्पलें, सैंडल पीछे छूटे मिले।"

फिर एक घूँट भरकर बोले, "अपना काम पूरा कर वो फ़ौरन अँधेरे में ग़ायब हो गए। इस हमले में सबइंस्पेक्टर वेपे और एक कांस्टेबल होशियारसिंह मारे गए।"

फिर एक और घूँट भरकर कर्नल बोले, "अँधेरे में जवानों को लगा कोई सौ माओवादी होंगे। लेकिन सुबह होने पर लगा मानो 1000 से कम नहीं थे।"

कर्नल की आवाज़ बिल्कुल बैठ चुकी थी...फिर घूँट भरकर बोले, "यह गुरिल्ला कई हिस्सों में बँटे हुए थे। एक खासवेरबाल प्रोजेक्ट कैम्प, दूसरा गांधीनगर पुलिस स्टेशन, तीसरा नूरीनगर और चौथा बोकारो थर्मल पावर पुलिस स्टेशन जिससे वह सुरक्षाबलों को दबा सकें। कुछ माओवादियों ने सड़कों पर रोक लगाई और ब्रिज उड़ा दिए ताकि सुरक्षा बलों को पूरी तरह रोक सकें...सिर्फ़ इतना ही नहीं 60,000 कैश और ज़्यादा से ज़्यादा ए.के. 47 और ए.के. 46 एस.एल आर. और पिस्तौलों के साथ ग़ायब हो गए।" कहते-कहते कर्नल की आवाज़ धँसती गई। जाम वहीं हाथ में थाम वो फिर धीरे से मगर तुर्श होकर बोले,

"इंपॉसिबिल एक्सिस्ट्स बट पॉसिबल डोंट एक्सिस्ट...येस"

गुड्डू और भी धीमी लेकिन सहमी हुई आवाज़ में बोला,

"सर...क्या ईश्वर है ?"

"आईदर वी नो गॉड ओर वी डोंट। ही इज़ टेस्टिंग अस एंड द वाटर इज़ डीप।"

"क्या ईश्वर है ?" गुड्डू ने परेशानी में दोहराया।

अब तक कर्नल बहुत गम्भीर हो चुके थे। गुड्डू ने उन्हें इससे पहले ऐसे मूड में कभी नहीं देखा था। वह बड़े धीरज के साथ कर्नल को समय देकर उत्तर सुनना चाहता था।

कर्नल ने पहले घूँट भरा। गुड्डू को लगा, घूँट गले में अटक गया है

और अब वो उसके गले के नीचे उतरने की इन्तज़ार करता उनको एकटक देखता रहा। फिर थोड़ा रुककर कर्नल बोले,

"देखो दोस्त, यूँ तो दुनिया में पहले कुछ नहीं था। ना अनाज, न फल और ना ही कपड़ा-लत्ता, लेकिन ज़रूरत पड़ने पर इन्सान ने उसे अपने लिए पैदा किया। हो सकता है कि ज़रूरत पड़ने पर उसने ईश्वर को भी पैदा किया हो ?"

"ज़रूरत पड़ने पर ?" कहने के साथ गुड्डू को लगा कि वो काफ़ी बेवकूफ़ है...उसे किसी बात की समझ नहीं।

"हाँ...हो सकता है, और कर्नल की आँखों में दारू की चमक गहरा गई। कुछ देर और रुककर", एक घूँट और भरकर बोला,

"इन्सान बहुत कमज़ोर है, हालाँकि वो मानता नहीं लेकिन जब चारों ख़ाने चित्त होता है तो अपने पैदा किए भगवान को याद करता है...जिसे उसने देखा तक नहीं।"

"जी," गुड्डू ने तत्काल कहा।

"उसे भी कहीं गिड़गिड़ाने या फिर किसी पर बरसनेवाला चाहिए था... सो..."

"सर, ईश्वर को पैदा करने में क्या वो सब लोग शामिल हैं जो हर मंगल को हनुमान जी पर प्रसाद चढ़ाते हैं ?"

"बुलशिट," कहने के साथ ही उन्होंने अपने कुत्ते को थप्पड़ मारकर बैठा दिया। लैना ने एक सुर निकाला जिस पर कर्नल ने, 'माई डार्लिंग' कह उसे गोद में ले लिया।

"गोद में बैठना बड़ा सुखकर होता है...क्या तुम जानते हो ?"

गुड्डू अपनी माँ की गोद का हवाला देना चाहता था, लेकिन 'लैना' को कर्नल की गोद में देखकर उसे बेसुरा-सा लगा। फिर बरबस बोला,

"कभी बैठा नहीं सर," और फिर दृष्टि लैना पर डाल वो चुप हो गया।

"इडियट," कर्नल के मुँह से निकला।

"सर," इसके अलावा गुड्डू को और कुछ नहीं सूझा।

"मेरी गोद में बैठकर देखना चाहोगे ?"

"फिर कभी सर...अभी लैना ही अच्छी लग रही है।" और वो काऊच में और धँस गया।

"कल तुम ईश्वर के बारे में पूछ रहे थे।" कर्नल ने गुड्डू को प्रश्न पूछने का मौक़ा न देते हुए कहा।

"जी सर, आपने बताया था कि हमने ईश्वर को पैदा किया है...वैसे हर धर्म में माना जाता है कि हम ईश्वर की सन्तान है...सर काफ़ी कंफ्यूजिंग विषय है...नहीं सर ?"

"यह तभी तक कंफ्यूज़्ड विषय है जब तक हम कंफ्यूज़्ड रहेंगे।"

"जी सर," गुड्डू ने ऐसे कहा मानो इस बात पर तो वो पूरी तरह सहमत है।

एक घूँट और भरकर कर्नल बोले, "ईश्वर क्या है ?"

अब गुड्डू परेशान। कुछ सोचकर बोला, "सर ईश्वर, हनुमान जी हैं।" और वो बग़लें झाँकता मिला। वो सोच रहा था कि कर्नल भी क्या सोचेगा कि वो ईश्वर तक को नहीं जानता। उसने मन ही मन मन्दिर में हनुमानजी की मूर्ति पर माथा टेक दिया।

"बहुत लोगों का विचार है कि मैटेरियल गेन से ही मन को शान्ति मिल सकती है।"

गुड्डू को लगा कर्नल पटरी पर आ रहा है। वह ध्यान से उनके अगले बोल की प्रतीक्षा करता, अपने सर को हामी में हिलाता अब उन्हें ग़ौर से देखता रहा। कर्नल थोड़ा गम्भीर होता बोला, "लेकिन यह सच नहीं।"

"सर मैं भी यही सोच रहा था।"

"हमें 'क्वालिटी ऑफ़ मनी' नहीं 'क्वालिटी ऑफ़ लाइफ़' चाहिए।"

अब गुड्डू फिर अटका। फिर 'क्वालिटी ऑफ़ लाइफ़' उसने इतने इत्मीनान से दोहराया जिससे कर्नल को लगे कि वो समझ गया है। फिर बोला, "जी सर"।

कर्नल अब भी चुप था जिसकी वजह से गुड्डू को यह डर था कि कर्नल कहीं उससे 'क्वालिटी ऑफ़ लाइफ़' के बारे में न पूछ बैठे।

"हमें 'क्वालिटी ऑफ़ मनी' की जगह 'क्वालिटी ऑफ़ लाइफ़' को फोलो करना चाहिए अगर हमें मन की शान्ति चाहिए।"

"लेकिन सर थोड़ा-बहुत पैसा तो..."

उसे बीच में ही काटकर कर्नल बोला,

"अब माइकल जैक्सन को ही लो..." कर्नल सोचता रहा।

"सर, बहुत लकी है।"

"ख़ाक लकी है...यू इडियट" कर्नल गरजा।

"बेइन्तहा पैसा...लेकिन पुअर क्वालिटी लाइफ़ गुड्डू को समझ नहीं आ रहा था कि बेइन्तहा पैसे के बाद क्वालिटी ऑफ़ लाइफ़ पुअर कैसे हो सकती है।

"सर मैं कुछ ज़्यादा ही कंफ्यूज़्ड हूँ।"

"तुम कंफ्यूज़्ड कम, बेवकूफ़ ज़्यादा हो। शायद तुम भी उन लोगों में से हो जो बेइन्तहा पैसे की ज़िन्दगी को खुशी मान बैठते हैं।"

"नहीं सर, आप मुझे ग़लत..."

"प्रिसले प्रेसले से शादी...लेकिन नाकाम।" कर्नल हाथ मलता दिखा।

"सर, यह क्वालिटी ऑफ़ लाइफ़ न होने का नतीजा है...सर, उसे यह शादी करनी ही नहीं चाहिए थी।"

"प्रिसले प्रेसले से कौन शादी न करना चाहता?" अब गुड्डू सोचता रहा कि अगर इस औरत से सब शादी करना चाहते थे तो इसमें माइकल जैक्सन कहाँ ग़लत था। वह चुप। मात्र हामी में सिर हिलाता रहा, महज़ इस डर से कि कर्नल उससे प्रिसले प्रेसले के बारे में न पूछ बैठे।

लेकिन पिछले कुछ दशकों में दुनिया-भर में लोगों ने अपनी फिजिकल फिटनेस और स्प्रिचुअल हेल्थ पर ध्यान देना शुरू किया है।

कर्नल की बात ने करवट ली तो गुड्डू को राहत मिली और बोला, "यस सर, हेल्थ इज़ वेल्थ।"

"फिजिकल फिटनेस और स्प्रिचुअल हेल्थ भरपूर खुशी दे सकता है, क्योंकि उसी से धन और वैभव दोनों प्राप्त हो सकते हैं।"

"सर, माइकल जैक्सन काफ़ी बीमार रहता था ?"

कर्नल ने कोई उत्तर न दे एक घूँट और भरा। फिर बोला,

"अब 'डाइना' का जीवन ही लो। उसकी ज़िन्दगी में पति और परमेश्वर का प्यार शामिल नहीं था...अपने क़रीबी रिश्तों में भी खुशी और सम्पन्नता ने उसका साथ नहीं दिया। तो क्या हुआ ?"

"बहुत ही बुरा हुआ सर...किसी दुश्मन के साथ भी ऐसा नहीं होना चाहिए..." और उसने ज़बान को दाँतों तले रख अपने दोनों कान पकड़ लिए।

अब वह दूसरी ग़लती नहीं दोहराना चाहता था कि कहे कि प्रिंस चार्ल्स के साथ उसने क्यों शादी की...वो काफ़ी कंफ्यूज़्ड था। लेकिन चुप।

कर्नल कुछ सोचकर फिर उत्तेजित होकर बोला, ''एक जॉन टेम्पलटन आज के सबसे सफल आर्थिक फाईनेंसर हैं, जिन्होंने दुनिया के लिए सबसे सफल इंटरनेशनल फंड्स खड़े किए।

अब वो 90 वर्ष के हैं और पूरी तरह एक फिलोथ्रोपिस्ट। उनकी असीम सफलता पर क्वीन एलिज़ाबेथ ने 1987 में उनको 'सर जॉन' की उपाधि से अलंकृत किया।

''यह तो बहुत ही अच्छा हुआ सर,'' गुड्डू ने ऐसे कहा मानो उसको 'सर जॉन' की वजह से थोड़ी राहत मिली हो। उसने अब खुलकर साँस ली।

कर्नल बोलते रहे, ''यह है 'क्वालिटी ऑफ़ लाइफ़' हर आदमी स्प्रिचुअलिटी की खोज में सब कुछ पा सकता है। क्वालिटी ऑफ़ लाइफ़ मने टोटल वेल्थ।''

''जी सर,'' और गुड्डू खोया-खोया रात को ढलते देखता रहा। फिर निराश और थका वापस लौट गया।

गुड्डू के दिमाग़ में आज भी बहुत दिन पहले हुई सेक्स पर बातचीत करवटें ले रही थी।

इससे पहले कि वो हिम्मत कर उसके विषय में पूछे, कर्नल लैना को अपने काउच पर छोड़ ड्राइंगरूम के दूसरे छोर पर चीते के पास पहुँच चुके थे, जिसकी बिल्लौरी आँखों से गुड्डू दिनों-दिन अपनी नज़रें बचाता आया था।

''इसे पहचानते हो?'' कर्नल चिंघाड़ा ?

गुड्डू सकपकाया मानो कर्नल गुड्डू के उन दिनों की याद को ताज़ा कर रहे थे जब गुड्डू अपने बचपन में चीते के साथ छुपन-छुपाई खेला करता था। फिर अपने से उभरता बोला,

''जी सर, यह वही है न जिसे आपके पिता ने एक सेकंड रहते मार डाला था ?''

कर्नल अपना गुस्सा दबाते हुए बोला, ''हाँ, लेकिन यह पैन्थर है। मैं यह बताना चाह रहा था।''

"जी।"

कर्नल आगे बोला, "यह चार बड़ी कैट्स जाति में से एक फ़लीदा जाति से है।" कर्नल ने एक घूँट-भरा और सिगार का एक लम्बा कश खींचकर बोले,

"यह जाति 'इस्टर्न' और 'सदर्न' अफ्रीका में तेज़ी से घटती जा रही है।" फिर नज़रें चीते की तरफ कर बोले,

"मुद्दत हुए यह 'एशिया लायन' 'सीरियो' से होता हुआ 'सेंट्रल भारत' तक फैला हुआ था। लेकिन आज इनकी संख्या घटती जा रही है।" कहते के साथ कर्नल की आवाज़ भी घट गई।

गुड्डू को अपने भूगोल के मास्टर 'सर लंगोटिया' याद आ रहे थे जो अपने भाषण के साथ-साथ क्लास समेत सो जाते थे।

गुड्डू की आँखें झपकीं। वो सुन रहा था,

"भारत में आज भी यह राजस्थान, पंजाब, यू.पी. और म.प्र. में पाए जाते है।" फिर लौटकर पैन्थर पर हाथ रख बोले,

"1888 तक एशियाटिका जाति का शिकार द्वारा सफ़ाया हो चुका था...अब यह मात्र गिर जंगलों में पाए जाते हैं, लेकिन जब-जब सेंट्रल गवर्नमेंट से इनकी माँग होती है गुजरात चिंघाड़ता है। इस समय यह जाति 'गिर जंगलों' में इतनी तादाद में है कि उनका जीना मुश्किल हो गया है, लेकिन अगर सेंट्रल गवर्नमेंट इनके ठीक पुनर्वास के लिए म.प्र. के घूनो-पालपुर में बाँटना चाहती है तो गुजरात स्वीकारता नहीं, क्योंकि उनका कहना है कि यह गुजरात की शान है और पर्यटन का ज़रिया।"

कर्नल थोड़ा रुका लेकिन गुड्डू के मन में तय था कि लेक्चर अभी शेष है। कर्नल बोला, "एक कोशिश की गई थी कि इन्हें 1956 में यू.पी. की 'चन्द्रप्रभा सेंचुरी' में शिफ्ट कर दिया जाए, लेकिन नाकाम।"

कर्नल अब थक चुका था इसलिए वह लैना को हटा सोफ़े पर आ बैठा। फिर थोड़ा रुककर बोला, "पालपुर में कुछ चीते और कुछ नील-गाय 100 कि.मी. की दूरी पर आज भी पाए जाते हैं। लेकिन 'गिर' में यह हज़ारों की तादाद में हैं। लेकिन धूनो-पालपुर में चीते और शेर दोनों पाए जाते हैं। जहाँ स्वराज के लिए इन दोनों जातियों में बैर चलता रहता है। यहाँ गर्मी भी 'गिर' से ज़्यादा पाई जाती है।"

कर्नल अब थक चुके थे तथा पूरी स्थिति पर नाराज़ भी। लेकिन अपने

पैंथर 'लियो' पर बड़ा नाज़ लिए हुए थे।

अन्त में कर्नल बोले, "जो अपने शेर-चीते नहीं बाँट सकते, वो पानी क्या बाँटेंगे ?"

"जी सर, पानी की बहुत दिक़्क़त है...शेर चीते न भी दें..." कर्नल गुर्राया,

"व्हाट द हैल मैन, नाऊ शटअप।"

अगले दिन गुड्डु ने सोचा कि सेक्स को छोड़ वो 'विवाह-विवाद' में पड़ेगा। सेक्स उसमें अपने आप शामिल हो जाएगा।

उस रात वर्षा बहुत तेज़ हो रही थी लेकिन गुड्डू रुकनेवाला नहीं था, हालाँकि वो जानता था कि कार स्क्रीन पर उसे ज़्यादा साफ़ नज़र नहीं आएगा क्योंकि उसके चश्मे का नम्बर प्लस था। अपने आप को एक बार और आइने में फिर देखकर वह भागकर गाड़ी में जा बैठा, लेकिन गाड़ी ने स्टार्ट होने में काफ़ी तंग किया, जिस पर उसके मुँह से 'बुलशिट' निकल गया। वो हँसा भी, साथ ही लैना गोद का आनन्द उठाती याद हो आई। क्या कर्नल बचपन में माँ की गोद में बैठने का हवाला दे रहा था या फिर जवानी का ? लेकिन जवानी में माँ उसे क्यों गोद में बिठाएगी ? उसे कर्नल एक पहेली लगा, जिसे समझने में उसे युग-युगान्तर लग जाएँगे। कार के वाइपर्ज़ जानलेवा आवाज़ पैदा कर रहे थे। जिससे उसे याद आया कि गाड़ी की सर्विसिंग अब लाज़मी है।

गाड़ी चलाते उसे कर्नल का लॉन याद हो आया, जिसकी मख़मली घास आज रात बारिश और बिजली में अतिरिक्त चमक रही होगी। उसके लॉन में तीन टेबलें और कुर्सियाँ लगी हुई थीं। टेबज़ों के ऊपर रंगीन छतरियाँ और टेबल पर ताज़े गुलदस्ते। वो सोचने लगा कि कर्नल इन सेवाओं का कब-कब सेवन करता होगा।

फिर शाम को बगीचा पार करते रोज़ रात की रानी, चमेली और गुलाब की मिश्रित सुगन्ध उसे कर्नल से मिलने से पहले तरोताज़ा करती जो आज बारिश में अपनी पूरी सान पर होगी। लेकिन कर्नल का मूड या फिर क्या प्रश्न होंगे यह सोच उसका मुँह लटक गया।

यों तो कर्नल ने कभी उसे 'सर' से सम्बोधित करने को नहीं कहा था, लेकिन गुड्डू को उससे अलग और कुछ सूझा नहीं। साथ ही उन्होंने उसे रोज़-रोज़ आने को भी नहीं ही कहा था, लेकिन फिर भी वो रोज़ जाता रहा, क्योंकि बातों की तारतम्यता ऐसी होती कि जाना लाज़मी हो जाता और अब इतने वर्षों में यह एक कार्यक्रम बन चुका था।

कर्नल कमांडिंग कम डिमांडिग ज़्यादा था। वो जितना कर्नल को जानने की कोशिश करता वो उतना ही विकट होता जाता। लेकिन गुड्डू ने भी अब कसम खा ली थी कि जब तक चाहे कर्नल उसका बकरा बनाता रहे, लेकिन एक दिन वो ज़रूर उसे क़ाबू करके रहेगा। किसी तरह वो पोर्टिको से बरामदे में और फिर ड्राइंगरूम के दरवाज़े तक बगीचे की खुशबू से ओत-प्रोत हो पहुँचा। एक तौलिया बाहर हेट-स्टैन्ड पर उसका स्वागत करता मिला। अपने बालों, हाथों और चेहरे को ठीक से पोंछ, तौलिया वापस टाँग वह ड्राइंगरूम के अन्दर घुसा। घुसते ही उसे एक लाइन में पायदान बिछे मिले जहाँ उसे जूते उतार नंगे-पाँव पायदानों से होकर ग़लीचे तक और फिर अपने काउच तक पहुँचना था।

आज वो तय करके आया था कि कर्नल के हाथी-चीते, माओवादी और क्वालिटी ऑफ़ लाइफ़ परे कर अपने मूल प्रश्न पूछेगा।

वह अभी पूरी तरह काउच पर बैठा भी नहीं था कि पूछ बैठा, "सर हम शादी क्यों करते हैं ?" उसके दिमाग़ में फ्री सेक्स करवटें ले रहा था।

"क्यों क्या एक और करने जा रहे हो ? जानते हो तुम्हारा नाम भी मर्डोक और मंडेला के साथ लिया जाएगा। यूँ मौसम भी काफ़ी खुशगवार है।" और वो हो, हो, होकर हँस उठा।

"नो सर...वो हिचकिचाया और देखते ही देखते उसकी फुर्ती झाग हो चुकी थी।

कर्नल ने आज बारिश के माहौल के हिसाब से शामी-कबाब और फिश फिंगर बनवाई थीं। रहीम उन्हें ठीक से फ़ोइल में लपेटकर क़रीने से रख गया था। साथ ही 'वोदका' जो कर्नल के हिसाब से आज के लिए बेहतरीन पेय था। कर्नल काफ़ी देर बाहर के शीशों पर पानी को गिरते देखता रहा। यूँ तो लैना और बुलशिट को आज शाम के मीनू का पता था लेकिन फ़ोइल आने के बावजूद वह टस से मस नहीं हुए।

यह कर्नल की ट्रेनिंग का नतीजा है, गुड्डू मन ही मन सोचता रहा।

'क्वालिटी ऑफ़ लाइफ़' गुड्डू मन ही मन कुढ़ा उसके बावजूद उसके अन्दर से बरबस 'हुँ' निकल गया। कर्नल ने उसकी तरफ देखकर पूछा, "तुम वेजिटेरियन तो नहीं ?"

"जी दोनों हूँ," कहते साथ वो सकपका गया लेकिन साथ ही यह बात सोचकर कि कर्नल ने उसके मन के भेद को नहीं जाना वह काफ़ी आराम में लगा।

"तुम्हें वोडका कैसा लगता है ?" उन्होंने दोनों गिलासों में थोड़ा-थोड़ा डाल कर पूछा।

गुड्डू को शब्द समझ में नहीं आया, इसलिए जबरन बोला, "सब ठीक है सर।"

"लेकिन तुम नहीं," कहकर कर्नल फिर हो, होकर हँस उठा।

गुड्डू को लगा शायद कर्नल असली बात भाँप गया है, जिससे वो अब ज़्यादा सतर्क हो बैठा रहा।

"तुमने आज का अख़बार पढ़ा ?"

गुड्डू को लगा, अब उसे खुदकुशी कर लेनी चाहिए। लेकिन सँभलकर बोला,

"आप किस विषय में पूछ रहे हैं...सर ?"

"सरसरी तौर पर" कर्नल ने आँखों के कोने से उसे देखा और फिर बाहर बारिश को काँच पर पालिश करते देखता रहा।

गुड्डू को लगा इस प्रश्न का उत्तर हो न हो देना लाज़मी है, "हाँ सर, लेकिन कोई सनसनीख़ेज़ ख़बर नहीं थी।"

"तुम्हारे विचार में सनसनी खेज ख़बर कैसी होती है ?" कर्नल ने कबाब का पहला कौर निगला तो लैना और बुलशिट ने करवट बदली।

गुड्डू को लगा, अब वो पकड़ा गया है, "सर जैसे रेप...डकैती वग़ैरह-वग़ैरह..."

"क्या यही सनसनीख़ेज़ ख़बरें हैं...यह जो रात-दिन होता रहता है। मुझे तो ताज्जुब होता है कि इन्हें रोज़-रोज़ महज़ इसलिए छापा जाता है क्योंकि अख़बार पूरा करना होता है।" और वो हँसे।

यद्यपि गुड्डू को इस उत्तर में ज़रा भी मज़ा नहीं आया लेकिन उसके लिए एक बात साफ़ हो गई थी कि अगर उसे उस कर्नल के साथ शाम बितानी है तो अख़बार पढ़ना लाज़मी है...और वो भी ठीक उन्हीं चुनिन्दा

ख़बरों पर लाल सियाही लगानी होगी, जिसे कर्नल पढ़ना चाहते हैं।

''उफ़,'' उसने मन ही मन दोहराया।

''तुमने कुछ कहा ?''

''नहीं तो...कहते साथ वो सकपका गया, फिर बोला, ''सर आप किसी सनसनीख़ेज़ ख़बर के बारे में बातें कर रहे थे।

''हाँ, तुम सोमालिया और उन जैसे अनेक ग़रीब देशों के बारे में जानते होगे, जो भूख और बीमारी से तड़प रहे हैं ?''

''जी सर, हमारे देश में भी झोपड़पट्टियों और अस्पताल ऐसे लोगों से भरे पड़े हैं।''

गुड्डू को लगा उसका जवाब सटीक बैठा है।

'इडियट' और वो फिर बाहर बारिश को नापते दिखे। बीच-बीच में बिजली इतना कड़कती कि लैना स्वर निकालती और बुलशिट छींक देता।

''लगता है यह बारिश बुलशिट को बीमार करके रहेगी,'' साथ ही बुलशिट के उठने से पहले उन्होंने उसे दबाकर वहीं रोक दिया।

''हमारी झुग्गी-झोपड़ियाँ भी बैठ जाएँगी सर...बारिश बहुत भयंकर है।''

कर्नल ने अनसुनी कर कहा, ''यह यूनिसम, 'बू,' 'ड्राई' यह सब बेकार की सस्थाएँ हैं, जहाँ लोग काम करने को राज़ी नहीं, लेकिन ख़ासे पे-पैकेट बनाते हैं।

''सर यहाँ के लोग बिना कोई काम किए तनख़्वाह पाते हैं... ?'' गुड्डू ऐसी नौकरी और पैसों पर खिल उठा। फिर बोला, ''सर इसी सनसनीख़ेज़ ख़बर के बारे में आप बात कर रहे थे ?''

कर्नल के नथुने अब फूल चुके थे, ''डैम यू'' उनके मुँह से यह शब्द बाहर की बिजली से ज़्यादा कौंधता लगा। गुड्डू सकपका गया। कमरे में काफ़ी देर सन्नाटा रहा। कर्नल कभी बाहर बारिश तो कभी ड्रिंक के गिलासों को देखते जो बिजली में अचानक ऐसे चमक उठते मानो वो कोई मशालें हों।

''सम गुड फॉर नथिंग इंस्टीट्यूशंस, जिन पर दुनिया-भर को नाज़ है... लेकिन वो यह नहीं जानते कि उनका पर्दा अब फ़ाश हो चुका है।''

''सर इनका पर्दा किसने फ़ाश किया ?'' पूछते साथ ही उसे अच्छा लगा कि इतने बड़े पे-पैकेट लेनेवाले लोग पकड़े गए हैं। साथ ही गुड्डू को

यह भी तसल्ली हो गई थी कि कर्नल जान गया होगा कि वो इन संस्थाओं के नामों और कारनामों से अच्छी तरह परिचित है।

"यू ब्लडी फूल," कर्नल ने गरजते हुए अपना गिलास धड़ाम से टेबल पर रखा जिसकी वजह से लैना और बुलशिट थोड़े घबराए दिखे।

"ऐसी निकम्मी संस्थाएँ..."

"सर इनमें लोग काम नहीं करते तो बॉस तनख़्वाह क्यों देता है?"

इस बार तो गुड्डू को भी कर्नल का गुस्सा समझ में आया। वह ख़ुद तमतमा रहा था।

"बॉस कौन अच्छा है ?" कर्नल ने एक फिश फिंगर अपने दाँतों में पसीजने के लिए रख दी। गुड्डू को ठीक ही लगा क्योंकि ऐसे में कर्नल गुस्से में अपने दाँत तक पीस सकता था। फिर साथ ही बोला,

"तो सर, बॉस भी मिला हुआ है ?"

"नाऊ शटअप, विल यू," फिर थोड़ा रुककर बोला, "सब शरीफ़ बदमाश हैं।" इस वाक्य के बाद गुड्डू को लगा कि सम्भवतः, कर्नल इसी सनसनीख़ेज़ ख़बर को लेकर परेशान थे।

"यह ख़बर आज के अख़बार में थी सर ? सच ही बड़ी सनसनी..."

अभी गुड्डू का वाक्य पूरा भी नहीं हुआ था कि कर्नल गुर्राए, "यू सन ऑफ़ ए बिच।"

सुनते ही गुड्डू के हाथ-पाँव काँपने लगे। वो सहम गया। हाथ से गिलास और मुँह से फिर फिश फिंगर कारपेट पर जा गिरे। फिश फिंगर तो लैना ने लपक ली और वोदका बुलशिट चाट गया। गुड्डू को यह इत्मीनान था कि परशियन कार्पेट अब साफ़ है।

कर्नल थोड़ा-सा ढीला पड़ा। फिर बोला, "जानते हो इन संस्थाओं के पास दुनिया-भर से पैसा आता है...समाज और स्वास्थ्य सुधार के लिए..."

"सर ख़ुद ही खा जाते होंगे।" गुड्डू ने अपनी तरफ़ से तुरूप चला। "यू बट" और कर्नल को लगा कि वो गुड्डू को बाहर बारिश में फेंक दे।

वो देख रहे थे कि कितने कबूतर पहले ही वहाँ बारिश से बचने के लिए इकट्ठे हो चुके थे।

"आदतन उन्हें हिदायत होती है कि कितने परसेंट उन्हें सामाजिक कल्याण में लगाना है और कितनों को छोड़ देना है।" कहते साथ कर्नल बारिश में सुरक्षित और असुरक्षित कबूतरों की संख्या नापते रहे।

"सर शायद क़ैदियों ओर तवायफ़ों को शामिल नहीं करते होंगे।" गुड्डू ने ऐसे कहा जैसे परसेंट का सुराग़ उसे मिल गया हो।

"दोस्त तुमने पागलख़ानों के लोग तो गिने ही नहीं, जैसे एक तुम हो।" कर्नल ने जबरन गुस्सा रोककर कहा।

गुड्डू अब ढीला पड़ चुका था। उसे विश्वास हो गया था कि वह कभी भी सही उत्तर नहीं दे पाएगा। वह स्तब्ध इधर-उधर देखता रहा। जहाँ कर्नल को उस पर क्रोध था वहीं उसका भोलापन उसे चकित किए था।

उसने पूछा, "तुम्हारा नाम किसने रखा था ?"

"सर मैं तब बहुत छोटा था...इसलिए याद नहीं।" कहते के साथ ही उसे माँ का वात्सल्य से उसे 'गुड्डू' ऽऽऽ बुलाना याद हो आया, क्योंकि पिता तो 'अबे' या फिर 'ओय' से ही बात करते थे।

"शायद माँ ने सर", और उसे लगा कि इस पर कर्नल बुरा नहीं मानेगा।

"हाँ, अगर पिता ने रखा होता तो शायद 'बहादुर सिंह' या फिर 'शेरसिंह' रखा होता।"

"सर नाम से बहुत फ़र्क़ पड़ता है न ?" पूछते के साथ ही उसे माँ पर क्रोध आया।

कर्नल अब सिर्फ़ मुस्करा दिए और बोले, "आज से मैं तुम्हें पार्थ नाम से बुलाऊँगा," और कबाब खाने में जुट गए।

कर्नल को अच्छे मूड में देखकर पार्थ बोला, "सर आप पैसे की बात कर रहे थे।"

"हाँ, सोचने और समझने की बात यह है कि अगर पैसों का अक़्लमन्दी से प्रयोग होता तो सोमालिया जैसे देश आज भी भूख और बीमारी से नहीं मर रहे होते।"

"तो फिर..."

"तुम्हें सुनने की आदत कब पड़ेगी ?"

"जी सर..."

"यह लोग टारगेट पर चलते हैं। इंश्योरेंस कम्पनियाँ और बिजनेस लोन जैसी संस्थाएँ पहले अपना नफ़ा देखती हैं फिर आपका। आम आदमी इस पचड़े में नहीं पड़ता, जब तक कि उसे नफ़ा हो रहा हो।"

"जी" उसने ऐसे ठोस होते कहा मानो वो सब भेद जान गया हो।

यूनिसम, बू, ड्राई जैसी संस्थाओं को हिदायत होती है कि पूर्णतया सम्पन्नता नहीं आनी चाहिए।

"क्यों सर... ? आख़िर यह हैं किसलिए ?" वो झुँझला उठा।

"पेशेंस। अगर यह पूरी सम्पन्नता ला दे तो करोड़ों लोग बेकार हो जाएँगे और यह आर्गेनाइज़ेशंस अपनी महत्ता खो बन्द हो जाएँगी।"

पार्थ का सिर घूम गया। वो बरबस बोला, मानो उसका पैसा भी उसी में लगा हो, "सर जी...यह तो सरासर साज़िश है।"

कर्नल का ध्यान बाहर कबूतरों को गिनने में लगा हुआ था।

"सर यह बात सब ज़ानते हैं क्या?"

"हाँ, लेकिन समझदार तबक़ा" कर्नल अनमने भाव से बोला। "सर आप इन्हें समझदार कहते हैं? इन पर तो केस...

"नहीं, यह रवैया पूरी दुनिया-भर का है। तुम विज्ञापनों में नहीं देखते, नाऊ इन ए मोर इम्प्रूव्ड फॉर्म ? इससे पहले भी तो इतना इम्प्रूव हो सकता था।" फिर थोड़ा रुककर, "और ऐसा होता रहेगा।"

"जी सर, हो सकता था। पर यह सब क्या है ?"

"बट दिस इज़ द वे द होल वर्ल्ड गोज़ राउंड। यू विन सम यू लूज सम।"

पार्थ को लगा यह सब बाते कर्नल की भी साज़िश है। पहले यूनिसम, बू ड्राई, हाथी, घोड़े पैन्थर और क्वालिटी ऑफ़ लाइफ़ लेकिन उसके उत्तर के लिए इम्प्रूव्ड फॉर्म तक प्रतीक्षा कराएगा यह कर्नल !

उस रात कर्नल चहलक़दमी करते मिला। लगा आज कर्नल के सर पर कोई और भूत सवार था।

"गुड इवनिंग सर जी," उसने माहौल पर कुछ ठंडी छींटें डालते कहा। साथ ही आज की शामत क्या होगी, उसकी उधेड़-बुन में लगा रहा।

"आज बहुत रिलेक्स्ड लग रहे हो।" कर्नल यूँ बोला मानो वह हर रोज़ का हिसाब रख रहा हो। और कि जैसे वो उसके मन को रोज़ पढ़ता आया हो। लेकिन पार्थ इसलिए इत्मीनान में था, क्योंकि जो भी रहा हो कर्नल आज उसकी मानसिक उधेड़बुन को नहीं पकड़ पाया था। वो मन-ही-मन

हँसा, साथ ही कर्नल की आज की मतस्थिति को भाँपने की कोशिश करता रहा, जैसे हमेशा से करता आया था। लेकिन अपनी तौर पर बड़ा हल्का-फुल्का बनते बोला, "सर जी, आज की शाम बहुत लुभावनी है।"

कहते साथ उसने कर्नल के हाव-भाव को समझने की कोशिश की, लेकिन कर्नल की बात से लगा कि उसकी कही बात का उस पर कोई असर नहीं हुआ।

"तुम्हें याद है मैंने तुम से एक उर्मिला दास लेखिका के विषय में बात की थी ?"

पार्थ मन ही मन उछला और उसे लगा आज कर्नल उसकी उलझन सुलझाएगा।

"येस सर वो सेक्सवाली बात !"

"हाँ, लेकिन क्या तुमने आज का अख़बार पढ़ा ?" सुनते ही पार्थ का दिल बैठ गया। फिर बोला,

"सर कोई सनसनीखेज़..."

"नाऊ शटअप। विल यू...समाचार अपने में ही अहमियत रखता है..." उन्होंने झुँझलाहट में कहा।

"जी सर...समाचार तो समाचार...।"

पार्थ का वाक्य अभी पूरा भी नहीं हुआ था कि कर्नल ने अपनी जेब से एक कटिंग निकाली। फिर उसे ग़ौर से देखकर उसकी सुर्ख़ियाँ पढ़ीं।

"ओवर 53 परसेंट चिल्ड्रेन फेस सेक्सुअल एब्यूज़...सर्वे...देहली, आंध्र प्रदेश, बिहार, एण्ड असम टॉप द लिस्ट, इन्नोसेंस एब्यूज्ड..."

पढ़ने पर वो पार्थ को इस तरह देखते रहे मानो इसका जिम्मेदार वही हो।

"सर जी, यह सब एक साथ कैसे हुआ?" पार्थ ने आश्चर्य जताते हुए ऐसे कहा कि इतना कुछ तो वो अकेला नहीं कर सकता था और कि उसका इसमें क़तई कोई हाथ नहीं है।

हाथ तो छोड़ो उसे कानो-कान पता तक नहीं चला। वो मन ही मन सोचता रहा।

"कब का क्या सवाल पैदा होता है ?" कर्नल गुस्से में चिंघाड़ा फिर बोला,

"लेकिन अफ़सोस यह है कि अगर हर आदमी समाज या फिर इन

बच्चों के प्रति अपनी थोड़ी-सी भी जिम्मेदारी समझे...''

वाक्य अभी पूरा भी नहीं हुआ था कि पार्थ बोला, ''सर जी, अगर मुझे कानों-कान भी ख़बर होती...''

कर्नल अब तमतमा चुका था, ''नाऊ शटअप...यू।''

और वो गुस्से में आगबबूला हुए लिओ पर इस तरह हाथ रख खड़े हुए मानो कि वो तोप हों और वो 'फायर' का ऐलान करने जा रहे हों।

''सर, इस सबके लिए उर्मिला दास तो नहीं जिम्मेदार ?'' उसे लगा उसने मुजरिम को पकड़ कर्नल के आगे ला खड़ा किया हो।

''यू आर ए डैम फूल एंड नाऊ शटअप।''

इस पर पार्थ सहम गया। उसे लगा कि कर्नल इस सबका जिम्मेदार उसे समझ रहा है। वह काऊच पर सिमट गया। उसे यह भी नहीं समझ आ रहा था कि उसके चेहरे का भाव अब क्या होना चाहिए।

कर्नल ने फिर कटिंग को देखा, ''आँकड़े भी कुछ कम नहीं हैं। 53% चिल्ड्रेन फेस्ड वन और मोर फार्म्स ऑफ़ एब्यूज यानी 53% बच्चे चाइल्ड एब्यूज़ के शिकार होते हैं।

''सर यह कुछ ज़्यादा नहीं ?''

कर्नल गुस्से से बाहर था, ''एक उर्मिला दास हैं जो सेक्स को मात्र बच्चा पैदा करने का वसीला-भर मानती है, जबकि यहाँ बच्चों पर इतना सेक्स एब्यूज छाया हुआ है कि पूछो मत। यह सब बच्चे अपने ही पहचान के या फिर रिश्तेदारों में सेक्स एब्यूज का कारण बने हुए हैं जिसके बारे में बच्चे बता तक नहीं पाते...उफ़्फ़ !''

''सर, इससे ज़्यादा ज़ुल्म और क्या हो सकता था ? शायद सर इन लोगों ने उर्मिला दास को नहीं पढ़ा होगा,'' पार्थ को लगा उसने बात को सिरे से पकड़ लिया है।''

''यू इडियट, उर्मिला दास का वर्ज़न कुछ और है...अपने दिमाग़ का इलाज कराओ।''

अचानक पार्थ को ख़्याल आया कि वो फ्री सेक्स को उर्मिला दास के साथ जोड़ रहा था। यह कर्नल एक दिन मरवा देगा। इसकी बातें कितना कन्फ्यूजन पैदा करती है।

फिर बोला, ''सर, मैं थोड़ा कन्फ्यूज़्ड हो गया था क्योंकि उर्मिला दास तो फालतू के सेक्स के हक में ही नहीं है।''

"फालतू का 'सेक्स !' तुम ठीक तो हो न..."

"बट सर जी..."

"नाऊ शटअप, उर्मिला दास तो एक अलग ही प्रॉब्लम रखती है।"

"हाँ सर," पार्थ याद करता बोला, "वो तो शादी के बिना सेक्स के हक में ही नहीं हैं और यहाँ बच्चों पर..."

"व्हाट द हैल..." कर्नल चिल्लाया जिस पर लैना और बुलशिट ने करवट ली।

पार्थ को लगा अगर वे कर्नल के पाइंट सही से नहीं याद रखेगा, तो यह कर्नल एक दिन उसका गला घोंट देगा।

"एक वो है..." कर्नल बोला।

"सर कौन ?" पार्थ ने पूछा कि कहीं और गलती न हो जाए।

"उर्मिला दास...और कौन ?"

"हाँ सर, यह समस्या अलग से अपने में गम्भीर है।"

"यह लेखिका पशु और पुरुष में कोई भेद ही नहीं रखती।" दहाड़ा कर्नल।

"सर जी, आप मज़ाक तो नहीं कर रहे ?"

"इडियट" कर्नल चिंघाड़ा। थोड़ी गम्भीरता लाते पार्थ बोला।

"सर" मैं बहुत कन्फ्यूज़्ड हूँ, कुछ समझ नहीं पा रहा।"

"तो तुम 'समझते भी हो ? अपने दिमाग़ से यह कारतूस निकाल दो।"

कर्नल आगे बोला, "मुझे उर्मिला दास की एक बात समझ नहीं आती कि पशु और 'पुरुष' में क्या कोई भी भेद नहीं ?" फिर आगे बोले,

"जहाँ उसने अनाज, कपड़ा-तन्तु, रेलें, हवाई जहाज़, इस्पात और स्पूतनिक का उत्पादन किया है, वहाँ उसका पशु के साथ क्या मेल है ?"

"जी सर, पशु से इतना अधिक काम करने पर पुरुष को अतिरिक्त सेक्स की भी आवश्यकता पड़ सकती है।"

पार्थ ने बहुत ही गम्भीरता से कर्नल का साथ देते हुए कहा।

"नाऊ शटअप पार्थ।"

पार्थ अब सन्न था। उसे समझ नहीं आ रहा था कि सामने खड़ी समस्या को कैसे समझे, जबकि उसकी हर सोच उल्टी बैठती जा रही थी।

"तुम जानते हो पशु-पक्षी कब सेक्स करते हैं ?"

अब पार्थ कभी लैना और कभी बुलशिट को देखता रहा। फिर बोला, "सर, यह मैं कैसे बता सकता हूँ ?" और वो हाथ मलकर खिसियानी-सी

हँसी हँसा।

"बुलशिट," कहते के साथ ही एक हाथ उन्होंने बुलशिट को बैठे रहने के लिए दे मारा। लेकिन इस बार पार्थ को लगा यह वार सीधा उस पर था।

"सर क्या उर्मिला दास ने इस पर नहीं लिखा ?"

"लिखा है। उनका बस चलता तो इन सबका खून पी जाती। इसी बात पर तो इतनी देर से चिल्ला रहा हूँ।"

"ओह !" पार्थ को अब राहत मिली कि पशु-पक्षी के सेक्स की कर्नल को जानकारी है। वह यूँ ही परेशान हो रहा था।

"लेकिन सर, उर्मिला दास को कैसे मालूम हुआ...सर ?"

"उन्हें आकाशवाणी हुई थी।" कर्नल ने अपना सिर दोनों हाथों के बीच दबा अब सोफ़े की शरण ली। फिर थोड़ी हिम्मत कर बोले,

"उनके बँधे मौसम होते हैं, लेकिन पुरुष..."

बीच में ही काटकर पार्थ बोला, "सर, बारह मासी..."

अब कर्नल के बर्दाश्त से बाहर था।

कर्नल अब थक चुके थे। उस दिन पार्थ को उर्मिला दास के बारे में ज़्यादा जानकारी नहीं हो सकी। उसे लगा कि अगर वो थोड़ी देर और बैठ जाता तो वो और कर्नल ज़रूर गुथमगत्था हो जाते। वो सस्ते में लौट गया।

उस रात कर्नल ठीक से नहीं सो सका था। उसे बार-बार तोषी का विरही चेहरा याद आता रहा जो सिर्फ़ एक बच्चे के लिए तड़प गई थी। सामने अपने बेडरूम की दीवार पर उसकी आदमक़द फोटो कर्नल ने उसके निधन के बाद बनवाई और टँगवाई थी। सिर्फ़ कर्नल को छोड़ और कोई तोषी की आँखों को नहीं पढ़ सकता था। कर्नल की आँखें नम हो गईं।

तोषी और कर्नल का भले ही सेक्स और मानसिक असन्तुलन रहा हो लेकिन इसके अलावा उन्हें तोषी से और कोई शिकायत नहीं थी। दूर-दूर पोस्टिंग होने पर सिर्फ़ तोषी ही उसके माँ-बाप और अन्य क़रीबी रिश्तेदारों से पत्रों द्वारा ताल-मेल बनाए रहती थी। कर्नल के परिवार और रिश्तेदारों में शादी-मुंडन या फिर निधन के बारे में तोषी ही कर्नल को बताती और आती-जाती रहती। 'नॉन फैमिली स्टेशन' के समय वह कर्नल के बूढ़े

माँ-बाप की तन-मन से सेवा करती। लेकिन लाख चाहने पर भी माँ नहीं बन सकी।

कर्नल ने भी उसकी पूरी जाँच में कोई कसर नहीं छोड़ी लेकिन हमेशा एम.एच. से सभी रिपोर्टें नॉर्मल आतीं। यह बात अलग थी कि कर्नल ने अपनी जाँच कभी नहीं कराई। शायद इस अहम् भाव में कि वह दोषी न क़रार दिया जाए।

कई बार कर्नल ने एक बच्चा गोद लेने की सलाह भी दी थी लेकिन तोषी नहीं मानी। उसे अपने पेट से बच्चा चाहिए था।

तोषी की हालत अब कर्नल से देखी नहीं जाती थी। वह दिन-पर-दिन सूखती जा रही थी और बीमार लगने लगी थी, लेकिन तब भी कर्नल के काम खुद करती।

कर्नल की आँखें भीग चुकी थीं। उन्हें विलिंग्टन की पोस्टिंग कभी नहीं भूलेगी। शायद मरते दम भी वह तोषी का चेहरा नहीं भूल पाएगा। वो सोचता रहा।

हड्डी हो जाने पर भी करवा चौथ पर वो सजती-सँवरती, व्रत रखती और कर्नल के पाँव छूती। आज भी सबकुछ याद कर कर्नल अपने को सँभाल नहीं पाता था।

तोषी की आँखों के इर्द-गिर्द काले साए फैल चुके थे। गाल पिचक गई थी और आँखें धँस चुकी थीं।

पहले-पहल तो वो किसी गोद के बच्चे या फिर कुत्ते-बिल्ली के बच्चों को देखकर खिल उठती थी, लेकिन इधर उसे कुछ भी असर नहीं करता था। उसकी आँखें कर्नल को मात्र एक प्रश्नचिह्न ही लगतीं। ऐसा प्रश्नचिह्न जिसका उत्तर उनके पास नहीं था।

विलिंग्टन में कर्नल ने अपनी ड्यूटी के बाद कहीं भी आना-जाना बन्द कर दिया था।

तोषी जब सुबह उसकी सैर के लिए ब्रिचेस, टोपी और छड़ी लाती तो वो उसे गोद में ले लेते। मूक वो सिर्फ़ रोती रहती। शाम को भी कर्नल ने क्लब जाना छोड़ दिया था। तोषी के सो जाने पर देर रात किसी न किसी पुस्तक में अपने को खोने की कोशिश करता।

विलिंग्टन की पोस्टिंग के समाप्त होने से एक वर्ष पूर्व तोषी की आवाज़ जाती रही। वह अपनी आँखों के इशारे से काम चलाती। कर्नल ने यह भी

जैसे-तैसे बर्दाश्त किया लेकिन जो नहीं कर सका था वो तोषी की आँखों का प्रश्नचिह्न। डॉक्टर से पूछने पर पता चला कि आवाज़ मानसिक सदमे का नतीजा है।

फिर अचानक तोषी का पेट फूलने लगा और कर्नल को तोषी की आँखों में थोड़ी-सी उमंग दिखी, लेकिन पूरा चैकअप कराने पर कर्नल रिपोर्ट पढ़ने पर दंग रह गया। 'फाल्स प्रेगनेंसी।' बहरहाल कर्नल काफ़ी उधेड़बुन में लगे रहे। वो तोषी को क्या कहेंगे। लेकिन डॉक्टर का कहना था कि जल्द से जल्द फाल्स प्रेगनेंसी को हटाना होगा नहीं तो मरीज को बेहद शारीरिक यंत्रणा से गुजरना पड़ेगा। कर्नल को डॉक्टर ने बताया कि जिन महिलाओं में माँ बनने की तीव्र इच्छा हो और माँ न बन पा रही हों तो फाल्स प्रेगनेंसी में चली जाती हैं।

हालाँकि यह कभी-कभार ही होता है। हर रोज़ या फिर रात में कर्नल का मन करता कि वह तोषी को सच्चाई बता दें लेकिन वो जानते थे कि तोषी उसे सह नहीं पाएगी सो वे उससे नज़रें बचाते रहे।

इधर उन्होंने ड्यूटी पर जाना भी बन्द कर दिया था।

फिर एक दिन आधी रात तोषी ज़ोर-ज़ोर से चिल्लाना चाहती थी, लेकिन हलकान हो बैठ जाती। कर्नल उसे तुरन्त अस्पताल ले गए।

कर्नल अब आगे होनेवाली घटना से पूरी तरह परिचित थे। वह तोषी के पास स्ट्रेचर पर पहुँचे और ऑपरेशन थिएटर के अन्दर ले जाने से पहले उन्होंने तोषी को माथे पर 'चूम बेस्ट ऑफ़ लक' कहा। लेकिन इस बार उन्होंने तोषी की आँखों में नहीं देखा।

तोषी ने अपना मंगलसूत्र उतार कर्नल को थमा दिया क्योंकि चूड़ियाँ और अँगूठी वो अपने दुबलाते शरीर की वजह से बहुत पहले ही उतार अलमारी में रख चुकी थी।

कर्नल अपने साथियों के अनुरोध के विरुद्ध मात्र कुछ आर्डरलीज के साथ अकेले ही तोषी को श्मशान ले गए थे। कर्नल ने चीन और पाक युद्ध में ढेरों मौतें देखी थीं, लेकिन ऐसी कभी नहीं।

कर्नल सोचता कि तोषी का प्रश्नचिह्न क्या इसलिए था कि अगर वो चाहता

तो बच्चा पैदा हो सकता था। क्योंकि यह तय था कि सेक्स के दौरान कर्नल मानसिक रूप से वहाँ न होकर कहीं और होता, जिसका एहसास तोषी को हो जाता था।

लेकिन उसने यह सवाल कभी कर्नल से नहीं किया जिसे तब तो कर्नल अपना बचाव समझते लेकिन आज वे चाहकर भी अपने से नहीं भाग पा रहे थे।

उस एक दिन की याद भी आज उन्हें डस गई जब जल्दी में कर्नल कम्प्यूटर बन्द करना भूल गए थे। जिस पर लिखा था :

A - S - L

—याने

Age - Stats - Location

31 yrsµ5'10"µ60kgµWheatishµShaved and toned.

नीचे लिखा था :

See you Sam, after 11 clock—Guru

लेकिन तोषी स्वभावानुसार हर चीज़ पर शान्त रहती। कर्नल को लगा कि हमारे मध्यवर्ग में शुरू से ही लड़कियों को ग़लत शिक्षा दी जाती है। आज इतने सालों बाद उसे बच्चों के यौन शोषण पर तोषी की याद हो आई कि उसने कैसे कितना कुछ अकेले भोगा और जीया होगा जो उसके बढ़ते वर्षों की शिक्षा का नतीजा था। वो कितनी भली और समझदार थी लेकिन उसकी एक ही भूल को कर्नल श्मशान तक ले गया। यह जानते हुए कि इसके पीछे ग़लती उसके मध्यवर्गीय परिवार की ही थी।

आज सुबह की सैर से लौटने पर जब कर्नल की मार्निंग-टी, अख़बार और ट्रे ट्रॉली साथ ले अब्दुल्ला पहुँचा तो हमेशा कि तरह लैना और बुलशिट भी 'गुड मार्निंग' करने पहुँचे। ''गुड मार्निंग सर,'' अब्दुल्ला ने सलाम बजाकर ट्रॉली कर्नल के आगे कर दी और चल दिया। लैना और बुलशिट भी एक धुन निकाल अपनी दुमें हिलाते जब मुड़ने को हुए तब कर्नल ने उन्हें ऊपर पलँग पर अपने पास आने को कहा, ''नाऊ जम्प,'' और दोनों उछलकर कर्नल के पास दुम हिलाते उसे चाटने लगे। उसने दोनों को प्यार से दबोचा

मानो कि उसके अपने बेटी-बेटा हों।

आज का अख़बार भी कम सनसनीख़ेज़ ख़बर लिये नहीं था। कर्नल की आँखें सुर्ख़ियों पर दौड़ीं।

'वूमेन डू नॉट नीड मैन टु प्रोक्रिएट, सेज़ साइंटिस्ट्स' 'एक ऐसी टेकनीक वैज्ञानिकों ने ईजाद की है जिससे महिलाओं को बच्चा पैदा करने के लिए पुरुषों की मदद नहीं चाहिए होगी'।

वैज्ञानिकों का कहना है कि औरत के बोन-मैरो में वह पुरुष के शुक्राणुओं को उत्पादित कर सकते हैं।

उन्होंने इसे मील का पत्थर माना जहाँ पुरुषों और कैंसर के मरीज़ों का इलाज भी हो सकेगा।

लेकिन आलोचकों का कहना है कि यह खोज अमानवीय है क्योंकि यह मर्द जाति को नकारती है।

कर्नल के मुँह से निकला, "मर्द जाति को नकारती है, शिट।" उन्होंने आगे पढ़ा, "इस टेकनीक से औरतों की उत्पादकता बढ़ेगी जिससे प्रयोगशाला में अंडाणु उपजाए जा सकते हैं, यदि पति से सन्तान न हो रही हो तो। नतीजा यह कि की मर्दों की ज़रूरत ही नहीं पड़ेगी। यह औरत की बोन-मैरो से एक टुकड़ा लेकर उसे स्टैम-सैल्स को बढ़ते छोड़ वो गर्भ कर सकते हैं। हाँ औरत के स्पर्म में मात्र लड़कियाँ ही पैदा हो सकती हैं क्योंकि उनमें सिर्फ़ वाइ-क्रोमोसोम ही होते हैं। लेकिन इन टेकनीक से औरत गर्भ में जा सकती हैं।

कर्नल की आँखें भर आईं, "कितना वक्त गुज़र गया है..." और वो लैना और बुल को सहलाते रहे।

कर्नल का ध्यान बँटा। वो कितना अकेला पड़ गया था। माँ-बाप कभी के चल बसे थे, और क़रीबी रिश्तेदारों के साथ सिर्फ़ तोषी ने ही बनाकर रखा हुआ था। वो कितनी पूर्ण-सम्पूर्ण थी।

हरिद्वार में तोषी को बहा वह अतिरिक्त दिन वहाँ रुक गया था। उसे ताज्जुब हुआ कि वहाँ के पंडितों के पास सभी परिवारों की पुश्तों के ब्यौरे, संख्या और जानकारी थी। एक ऐसा विषय जिसके बारे में उसे कोई ज्ञान नहीं था।

अपने माता-पिता के निधन पर वो मौजूद नहीं था—लाम जो लगी हुई थीं और वो कहीं दूर वादियों में पोस्टेड था। लेकिन उस दिन तोषी उसे

यह भी समझा गई थी।

आदमी अन्दर से कितना अकेला होता है। वह गंगा किनारे बैठा सोच रहा था। तोषी मन से कितनी अकेली होगी, बावजूद इसके वह उसके और अपने परिवार से कितना जुड़ी हुई थी,...लेकिन अकेली। इतनी लम्बी, बीहड़ तूफ़ानी और सूनी ज़िन्दगी को कर्नल ने उसे अकेले नापते देखा था।

आज हरिद्वार में हज़ारों लोगों के बीच वो अपने को किसी से जुड़ा नहीं पा रहा था। लेकिन आज उसके सबसे क़रीब अगर कोई था तो वो तोषी ही थी,...चले जाने के बावजूद। वह उठा। हलवाई अपना दूध, जलेबी, लस्सी नाप रहा था। मिठाई यानी प्रसाद मनों बिक रहा था और मन्दिरों की घंटियाँ, ख़ामोशी को गाहे-बगाहे तोड़ रही थीं।

शाम को मन्दिरों में आरती के लिए जुटे लोग किसी सेना से कम नहीं लग रहे थे। वो उस आरती में इतने विभोर थे कि कर्नल स्वयं अपने होने न होने के एहसास से परे था।

शायद यही शान्ति है, यही ईश्वर है। कर्नल ने महसूस किया। उसे अपनी फ़ौज के दिन याद आए जहाँ अपनी फटीगों में जवान इस क़दर 'हमला बोल' के साथ जोश में उन लोगों के ख़ून के प्यासे पहाड़ों और जंगलात में घूमते जिनके साथ उनकी अपनी कोई निजी दुश्मनी नहीं होती... लेकिन फिर भी...आखिर किस लिए...महज़ पैसों के लिए...तो फिर आतंकवादियों और उनमें फ़र्क़ ही क्या हुआ...यह भी ज़िन्दगी जीने का कोई तरीक़ा तो नहीं ? जहाँ 'तू' या फिर 'मैं ?'

उसका मोहभंग हुआ। वो हरिद्वार में सिर्फ़ तोषी के बारे में ही सोचना चाहता था। लेकिन एकाग्र नहीं हो पा रहा था, क्योंकि मन चंचल होता है, उसने सोचा।

सम्भवतः इसी चंचलता से व्यक्ति एक दिन भाग खड़ा होता है और अपने को किसी गुरु के आगे समर्पित कर देता है या फिर किसी गुरु के मार्ग-दर्शन को मान बैठता है। लेकिन वो भी तब, जब वो चारों ख़ाने चित्त हो चुका होता है।

लेकिन मन की शान्ति, क्या अपने से भागने का दूसरा नाम नहीं, यानी पलायनवाद।

प्रत्येक व्यक्ति अपने जीवनकाल में अपनी कमजोरियों पर परदा डालता घूमता रहता है, लेकिन उससे कहीं पहुँच नहीं पाता। ख़ुद की पैदा की

स्थितियों से जब वो घिर जाता है...तब किसी पंथ का 'नाम' लेकर वो एक दूसरे चरण में जाना चाहता है, लेकिन क्या वो अपने भूत से भविष्य बना सकता है? क्या महज़ इसीलिए नहीं वो ज़िन्दगी में अपनी मुक्ति के लिए कोई फ़लसफ़ा ढूँढ़ने लगता है !

उसे ध्यान आया लैना और बुल अपना नाश्ता करने जा चुके थे।

कोई किसी की प्रतीक्षा नहीं करता...ना ही समय...उसने देखा उसके स्नान का समय हो चुका था।

उस रात पार्थ ने कर्नल को बहुत संजीदा पाया। वह चुप कर्नल को जाम बनाते देखता रहा। कर्नल देख रहा था कि बाहर शायद तूफ़ान आनेवाला है।

"सर, बहुत तेज़ अन्धड़ की सम्भावना है। मैंने आज अख़बार में भी पढ़ा था," कहकर वो इत्मीनान से कर्नल को देखता रहा। साथ ही इस पर प्रसन्न भी था कि जीवन के प्रत्येक पहलू पर अख़बार में जानकारी छपती है। फिर बोला, "सर हज़ारों मासूम और ग़रीब लोग बिना किसी वजह मरेंगे। पेड़ उखड़ेंगे और सीधे गाड़ियों या फिर इमारतों पर जा गिरेंगे, और उन्हें ढेर कर देंगे।"

कर्नल ड्रिंक बनाने के बाद बाहर आँधी को रफ़्तार पकड़ते देखता रहा। धूल के साथ पत्ते, प्लास्टिक की थैलियाँ और बोतलें हवा में कारतूसों की तरह उड़ रही थीं। पार्थ को लगा अभी थोड़ी ही देर में कर्नल तूफ़ान पर ज़रूर बोलेगा और वो अपना गिलास हाथ में लिये कर्नल की प्रतीक्षा करता रहा। एक घूँट पीकर कर्नल ने बड़े उदासीन भाव से पूछा।

"हम प्यार क्यों करते हैं?" पार्थ जैसे सकपका गया और सोचता रहा कि अख़बार में तूफ़ान की ख़बर शायद कर्नल को इतनी पसन्द नहीं लगी।

"सर यह क्या अख़बार में..."

"शटअप मैन, मैंने तुमसे एक सीधा-सा सवाल किया है," और उन्होंने दोहराया, "हम प्यार क्यों करते हैं ?"

अब प्यार और सेक्स में पार्थ भेद नहीं कर पा रहा था। इसलिए वो कर्नल को बग़लें झाँकता दिखा।

"सर जी, जब किसी पर हमें प्यार आता है, तो उससे हम प्यार करने लगते हैं।"

"सभी से नहीं..." कर्नल ने पूछा। अब पार्थ सोचने लगा कि वह किस-किस से नफ़रत करता रहा है।

"सर, मुझे अपना सुपरवाइज़र ज़रा पसन्द नहीं था। बात-बात पर पंगे..."

कर्नल ने उसे बीच में टोकते बोला, "नाऊ शटअप" और सुनो।" और कर्नल बोला, "हम उस व्यक्ति से प्यार करते हैं जिसमें वो सब शामिल होता है जो हमें पसन्द है।"

"जी।" पार्थ को यह उत्तर सही लगा।

"इसका मतलब?" कर्नल ने अब पूछा।

पार्थ को यह सवाल और भी बेमतलब लगा। बोला, "सर, मतलब कि हमें उससे प्यार हो जाता है।"

"ग़लत...मतलब कि हम अपने से प्यार करते हैं।" पार्थ को लगा कि कर्नल ने अपना उत्तर ठीक से नहीं सुना। बोला, "नहीं सर, हमें उससे प्यार हो जाता है।"

कर्नल का सिर भन्ना गया, बोले, "जब हम किसी ऐसे व्यक्ति से प्यार करते हैं, जिसमें हमको वो सब नज़र आता है, जो हमें पसन्द है तो इसका अर्थ हुआ कि हमें उसमें अपना 'अक्स' नज़र आता है...मतलब हम अपने आप से प्यार करते हैं। लेकिन इसे पहचानते नहीं।" पार्थ को पहली बार इस अजीब-सी स्थिति का एहसास हुआ और वो बरबस बोला,

"हाँ सर, यह बात तो ठीक है।"

कर्नल की आँखें अब नम थीं।" यह प्यार भी अपने में एक सौदा है।"

फिर थोड़ा रुककर बोले, "कई बार बचपन में माँ-बाप अपने बच्चों को ठीक से नहीं समझ पाते और गाहे-बगाहे बच्चों में एक अजीब-सा विद्रोह पैदा होने लगता है।"

पार्थ अब याद करने लगा कि कैसे उसके पिता उसके कंचे खेलने पर उसे मारते जिससे उसको मन में पिता के प्रति डर और साथ में घृणा भी पैदा होती थी।

"यस सर, आप ठीक कह रहे हैं।"

"वो घृणा या डर माँ-बाप और बच्चों के आपसी प्रेम में फ़र्क़ ले आती है और फिर बच्चे की भीतरी ज़िद उसे गुमराह भी कर सकती है।"

"यह बात सही है सर," वो अब इस जवाब से सन्तुष्ट भी दिख रहा था। "लेकिन सर..."

"हर माँ-बाप को चाहिए कि वह अपने बच्चे के मनोविज्ञान को समझे जिससे आपसी प्यार और एक दूसरे को समझने और प्यार करने की सुविधा प्रदान कर सके।"

कर्नल अब तक गम्भीर हो चुका था, फिर बाहर के तूफ़ान का जायज़ा लेते बोला, "कई बच्चे ठीक से न समझे जाने के कारण घर से भाग भी जाते हैं, जिनमें ज़्यादा हाथ उनके माँ-बाप का होता है। यह पुरुषप्रधान देश है जहाँ पुरुष समझता है कि जहाँ माँ का प्यार लड़के को बिगाड़ सकता है वहाँ बाप की सख़्ती उसे बना भी सकती है। यह हमारे समाज के ठेकेदारों का दावा है।"

ठीक से बात समझ न आने पर पार्थ बोला, "लेकिन सर यह सरासर नाइन्साफ़ी है। बच्चा अपने बाप की वजह से माँ को भी खो देता है।" और वो रुआँसा हो गया।

ऐसे बच्चे रेलवे-स्टेशन पर चरस, भांग, हेरोइन बेचते और पीते पकड़े जाते हैं, जहाँ फिर वो जुविनाइल सुधार गृह में भेजे जाते हैं।"

"सर जी, यह कोई ज़िन्दगी तो न हुई ?"

"यहाँ भी उनके साथ कोई अच्छा सलूक नहीं किया जाता।" हताशा में कर्नल ने एक घूँट भरा तो साथ ही पार्थ को भी घूँट मारने का मौक़ा मिला।

"यहाँ न ढंग का खाना, न पहनना। और ना ही व्यवहार से खुश। वो यहाँ से भी भाग निकलते हैं और भागते-भागते बेमौत मारे जाते हैं। बाहर तूफ़ान रुका नहीं था और कहते-कहते कर्नल की आवाज़ घुट चुकी थी जिससे उन्हें एक और घूँट की दरकार महसूस हुई।

"सर, शायद ललन भी अब तक मर चुका होगा।"

पार्थ ने अफ़सोस के साथ घूँट भरा।

"बात सिर्फ़ भागने तक ही सीमित नहीं। यदि किसी कारणवश बच्चे भागते नहीं तो एक विद्रोह में बड़े होते हैं और दूरियाँ ज़्यादा प्रबल रुख़

ले लेती हैं...''

''सर कैसे ?''

''जिन बच्चों को आर्थिक, सामाजिक तथा अन्य तकलीफ़ों से माँ-बाप बड़ा करते हैं तो बहुत नहीं तो थोड़ी-बहुत उम्मीदें तो बूढ़े माँ-बाप भी बच्चों से रखते हैं।''

''थोड़ी-बहुत क्यों सर, बच्चों को आख़िर तो इतनी मेहनत से उन्होंने बड़ा किया होता है।...''

पार्थ को बीच में टोककर कर्नल फिर बोला, ''लेकिन वहाँ भी माँ-बाप को एंटि-क्लाइमेक्स मिलता है...''

''सर माँ-बाप को क्या मिलता है ?

''हताशा...''

''सर कैसे?'' वह अब बहुत दुःखी था।

''वही अक्स की समस्या...''

''सर, किसका अक्स?''

''माँ-बाप का...जो उन्हें ढूँढने पर भी अपने बच्चों में नहीं मिलता।''

''सर अक्स कैसे ग़ायब हो सकता है... ?''

''इडियट...''

''सर मैं समझा नहीं...''

''माँ-बाप और जवान बच्चों की भाषा में अन्तर आ जाता है। वो एक दूसरे को समझ नहीं पाते और दूरियाँ बढ़ने लगती हैं। कई माँ-बाप तो बच्चे पैदा करना और फिर उन्हें पढ़ाना-लिखाना एक थैंकलैस जॉब समझते हैं।''

''सर अगर भाषा समझ में नहीं आती तो हिन्दी में तो...'एंड नाऊ शटअप' भाषा से मतलब आपसी विचारों से है। मैंने एक लेखक मोहन राकेश के उपन्यास 'अँधेरे बन्द कमरे' में बहुत पहले पढ़ा था कि लड़ाई हमेशा सही और सही के बीच होती है, अन्यथा नहीं...तब मैं इस वाक्य को समझ नहीं पाया था लेकिन आज इसे स्पष्ट होता अपने आस-पास साफ़-साफ़ देख रहा हूँ।'' कर्नल एक घूँट निगल कुछ सोचता रहा। कैसे गुरुबख्श फ़ौज में चला गया और भाई सुखविन्दर सिंगापुर मौज में, जहाँ से फिर लौटकर नहीं आया।

थोड़ी देर के बाद वह कुछ सोचकर बोला, ''यों माँ-बाप जब अपने जवान बच्चों के साथ मतभेद में पड़ते हैं तो वो यह भूल जाते है कि जवानी

और बुढ़ापे की सोच में अन्तर होता है जो निश्चय ही विस्फोटक भी हो सकता है। यह बात अलग है कि उनकी सोच अपने अनुभवों पर आधारित होती है, लेकिन बावजूद इसके बच्चे समझना नहीं चाहते और अन्ततः माँ-बाप अकेले पड़ जाते हैं। ज़िन्दगी-भर के किए-कराए पर एक सेकंड में पानी फिरता दिखता है...लेकिन नामुराद ज़िन्दगी-वो, चलती रहती है।''

''हाँ सर, समय को कौन रोक सका है।'' पार्थ ने खेद ज़ाहिर किया।

फिर काफ़ी देर सन्नाटा रहा। बाहर तूफ़ान भी अब ठंडा पड़ चुका था। दोनों घूँट भरते और चबाते रहे, फिर कर्नल धीमी आवाज़ में बोला, ''सम ग्रीक ट्रेजेडी।''

जिस पर उचककर पार्थ बोला, ''सर जी ग्रीक में भी ऐसा ही होता है ?''

कर्नल को इस बार न तो चिल्लाना था और न जवाब ही देना था।

गर्मियों के दिन थे और पार्थ ने चिड़ियों को तिनका-तिनका इकट्ठा करते घोंसला बनाते देख पूरी दोपहर निकाल दी। वो नहीं जानता था कि पशु-पक्षियों के जीवन में भी कोई नियम होता है। इसलिए उसका दिमाग़ 'निर्मला दास' पर बार-बार जाता। उसे झुँझलाहट भी होती कि कर्नल को इसके अतिरिक्त और सब मसलों पर बात करनी अच्छी लगती है। पिछली बार को छोड़कर, जाने कैसे कर्नल ने अपनी तरफ़ से ज़िन्दगी के मसले पर भाषण दिया था जो यूँ तो काफ़ी सही था लेकिन फिर भी लगता था जैसे कर्नल की कोई पुरानी 'नस' दब गई हो...लेकिन वो वापस निर्मला दास पर नहीं आया...फिर भी पार्थ की उम्मीद क़ायम थी क्योंकि कर्नल की फ़ेहरिस्त में 'निर्मला दास' अभी भी ज़िन्दा है लेकिन चर्चा कब होगी...वो इसी पशोपेश में था।

आज कर्नल ग़लीचा नाप रहा था। हाथ में एक कटिंग थी। पार्थ को लग गया कि आज का भाषण भी निर्मला दास पर नहीं है।

"तुमने आज का अख़बार पढ़ा..." फिर बिना उत्तर का इन्तज़ार किए बोला, "हमारा देश सेकुलर है, यह अपने में एक फ़ख्र की बात है, लेकिन साथ-साथ हमें अनेक प्रकार के धर्मसंकटों का भी सामना करना पड़ता है। ज़िन्दगी भी कितनी कंट्राइव्ड चीज़ है। अगर एक चीज़ एक तरफ़ से अच्छी तो दूसरी तरफ़..."

"हाँ सर मेरी माँ भी कहा..."

"तुम्हें सुनने की आदत कब पड़ेगी पार्थ!" कर्नल बोले,

"अब यही देखो, लोग धर्म या कर्म किसी से नहीं डरते।" फिर कटिंग की सुर्ख़ियाँ पढ़ीं..."इनक्वायरी इनडिकेट्स अजमेर दरगाह कमिटी ऑफ़ करप्शन।"

"क्या ऽऽऽ...सर, करप्शन ने तो कोई घर ही नहीं छोड़ा...लेकिन सर दरगाह..."

कर्नल को पार्थ के आश्चर्य की ज़रूरत नहीं थी। वह उसको काटते हुए बोला, "जब कैटरीना कैफ़' की मिनी स्कर्ट ने अजमेर शरीफ़ को डाँवाडोल कर दिया तो 'कैटरीना' को लिखित रूप में माफ़ी माँगनी पड़ी। हालाँकि वो स्वयं वहाँ दरगाह पर कोई चादर चढ़ाने नहीं गई थी बल्कि एक फ़िल्म की शूटिंग के सिलसिले में वहाँ मिनी स्कर्ट में पाई गई। उसी सूफ़ी दरगाह पर चढ़ाए गए पैसों की हेरा-फेरी पर एक कमेटी तैनात की गई है। मोइनुद्दीन चिश्ती की दरगाह पर चढ़ाए गए पैसों पर काफ़ी तादाद में शिकायतें सुनने को मिलीं कि वह बेहिसाब ख़र्च किए जा रहा है।" फिर थोड़ा रुककर एक घूँट और कश लेकर तुर्श हो बोले, "और इसी के विरुद्ध एक एनजीओ ने हाईकोर्ट में जनहित याचिका दायर की है कि पैसों का हिसाब-किताब उन्हें दिया जाए।" एक घूँट और निगलकर आँखों में तैश लाकर आगे बोले, "और उसी दरगाह के बाहरी अहाते को ग़ैरक़ानूनी तौर पर एक ख़ादिम ने कई सालों से हथियाया हुआ है। यह है 'इन्सान' और उसकी इन्सानियत, उसका 'धर्म', उसका 'कर्म'।"

पार्थ एकटक कर्नल को सुनता और देखता रहा।

फिर कुछ सोचकर कर्नल बोला, "ऐसा ही एक 'वाक़या' बहुत साल पहले अमृतसर के 'सोन मन्दिर' (गुरुद्वारे) में हुआ था। किसी ने ताला तोड़ गहने और जवाहरत चुरा लिये थे...किसी ने तो क्या, वहाँ के ही किसी धर्मी-कर्मी का काम रहा होगा।"

यह सब कहने के बाद कर्नल को लगा जैसे सब बेकार और फ़िज़ूल है। फिर थोड़ा रुककर बोले, ''पता नहीं इन्सान आज़ाद पैदा होता है, लेकिन ईश्वर जात-पात...संविधान और ज्यूडिशियरी के क़ायदे-क़ानून से सहमा हुआ उत्तरोत्तर छोटा-दर-छोटा होता जा रहा है, जहाँ यह क़ायदा-क़ानून उसको जीने नहीं दे रहा। आख़िर आदमी इन सब से अलग शान्ति से क्यों नहीं जी सकता ? आम आदमी की ज़िन्दगी इन चीज़ों से कितनी दूभर हुई है। कितनी सहमी हुई है।''

''हाँ सर, जीना बहुत मुश्किल होता जा रहा है, और यह क़ायदे-क़ानून क़ैद ज़्यादा लगते हैं।

फिर आगे बोला, ''भला बताइए अब कौन अजमेर शरीफ़ पर चादर या फिर पैसा चढ़ाएगा ?''

कर्नल अपना गुस्सा रोक घूँट पीता रहा।

फिर पार्थ बोला,

''सर वो लोग ही चादर या फिर पैसा चढ़ाएँगे, जिन्होंने अख़बार नहीं पढ़ा होगा।''

अब कर्नल से बर्दाश्त नहीं हुआ, ''नाऊ शटअप, विल यू ?''

अगले दिन पार्थ ने पूरा अख़बार इस कोने से उस कोने तक पढ़ डाला। लेकिन कुछ नहीं मिला। वो पहले तो खुश-खुश घर से चला लेकिन बीच रास्ते में उसका मूड ऑफ़ हो गया।

'कर्नल को समझना इतना आसान नहीं है', उसने गाड़ी का भोंपू बजाते हुए सोचा।

पार्थ अभी बैठा भी नहीं था कि कर्नल बोला, ''मेरी भाभी कैसी है?'' अब यह रोज़ से भी टेढ़ा सवाल था।

वह भौंचक बोला, ''किसकी सर ?''

''मेरी...'' कर्नल उसे सीधे घूर रहा था।

''यह मैं कैसे बता सकता हूँ ?'' पार्थ बोला और वो खिसिया-सा गया।

''तुम नहीं बता सकते तो और कौन बता सकता है?'' कर्नल चिंघाड़ा।

"सर मैं सिर्फ़ अपनी वाइफ़ के बारे में बता सकता हूँ कि दमे के अलावा वो ठीक ही है ?"

"तो भाभी जी को दमा है।"

"पता नहीं भाभीजी को है कि नहीं लेकिन मेरी वाइफ़ को है।"

"तो वो मेरी क्या लगी ?"

"सर जी आप बहुत घुमा-फिराकर सवाल करते हैं।"

"तुम्हें अभी आदत नहीं पड़ी ?"

"पर सर रोज़ सवाल अलग-अलग घूमे हुए होते हैं।" उसने ऐसे कहाँ मानो कर्नल के विचार विश्वभ्रमण करके आते हों।"

"तो क्या तुम रोज़ एक ही कपड़े और एक सी सब्ज़ी खाते हो ?"

"सर कहाँ कपड़े, कहाँ सब्ज़ी और कहाँ आपके सवाल..." वो अब रुआँसा हो चला था।

कर्नल हो-हो करके हँस उठा।

"तो यह ज़रूरी तो नहीं कि तुम्हारी पत्नी मेरी भाभी ही लगे...बहन या फिर प्रेयसी तो नहीं..."

"सर बहन तो हो सकती है...भाभी भी लेकिन 'प्रेयसी' के दिन निकल गए...मेरे लिए भी।"

उसे लगा वो अच्छा मज़ाक़ कर सकता है।

"मने... ?" कर्नल ने आँखों में चमक लाते हुए कहा।

"सर आप ठीक समझ रहे हैं...मंथली अब बन्द हो गया है।" कर्नल को लगा जैसे वो मंथली सेलेरी या मंथली पेंशन की बात कर रहा हो। अब आँखों में चमक लाते हुए बोले, "तो कहीं 'और' जाते हो।"

"नहीं सर," और उसने कानों को हाथ लगाया।

"तो कन्डोम..."

"सर घर के लिए, सर! सेफ़ सेक्स के लिये—यू नो ?"

अब कर्नल इतना हँसा कि रोके नहीं रुक पाया। फिर काफ़ी देर उन्हें अपने को संयत करने में लगा, और पार्थ जैसे काटो तो खून नहीं। अपना गला ठीक से साफ़ करने के बाद कर्नल ने हँसी से नम हुई आँखें पोछीं और बोले, "जानते हो हमारे देश में भाभी और भाई साहब बहुत चलता है।"

"सर, और कह भी क्या सकते हैं ?"

''यह कहना कम और सुरक्षा का यंत्र ज़्यादा होता है।''

''सर मैं समझा नहीं...''

''हर पुरुष दूसरे पुरुष को याने अपने को भली प्रकार जानता है। अब यह कोई ज़रूरी तो नहीं कि मैं तुम्हारी पत्नी को भाभी ही मानूँ ?''

''नहीं सर...'' वो कुछ हिचकिचाया।

''यह शब्द सिर्फ़ परिचय से मतलब रखता है, ताकि कोई उसकी पत्नी पर बुरी नज़र न डाले।''

''बुरी नज़र...'' पार्थ फुसफुसाया।

''मने वह भाई भाभी ही हैं और ऐसे ही रहना भी चाहिए।''

''लेकिन इसमें ग़लत क्या है सर ?''

''ग़लत तो कुछ नहीं, लेकिन सही भी नहीं। यह मात्र शराफ़त का ओढ़ाया हुआ जामा भर होता है।...बुरी नज़र से बचाने के लिए।''

''लेकिन सर ऐसी नज़र तो सिर्फ़ गुंडे ही रखते हैं।''

''हाँ गुंडों, तवायफ़ों, चोर-उच्चकों के बारे में तो हम सब जानते हैं, लेकिन ख़तरनाक तो वो होते हैं, जो समाज में सज्जन माने जाते हैं।''

पार्थ अब ध्यान से सुनने लगा।

''लेकिन यह कोई नई बात नहीं है। शुरू में संयुक्त परिवारों में सब कुछ परदे के पीछे होता था। लेकिन उन बातों पर परदा रहता था।''

''जी सर, पहले परदा प्रथा थी।'' पार्थ ने अपनी जानकारी पर गर्व करते हुए कहा।

''तुम इससे क्या समझते हो ?''

''सर औरतें सामने नहीं आती थीं...और परदे के पीछे रहती थीं।''

''लेकिन तुम यह नहीं जानते कि परदे के पीछे क्या होता था।''

''क्या होता था सर...''

''सब कुछ होता था...चाइल्ड एब्यूज़ से लेकर औरतों और बेटियों के साथ...''

''आप क्या कह रहे हैं सर...मैं ठीक से नहीं समझा?''

''जो समझ रहे हो वही ठीक है। किसी का मुँह नहीं खुलता था क्योंकि बरसों से यह प्रथा चली आ रही थी कि परिवार में पुरुषप्रधान है, पुरुषोत्तम है इसलिए उसके ख़िलाफ़ कुछ भी नहीं सुना जाएगा...यह औरतों समेत बच्चे भी जानते थे। वह सब कुछ चुपचाप सहते थे। लेकिन यह आज

एकाकी परिवार होने के नाते खुलकर सामने आ चुका है।''

फिर थोड़ा मुस्कराकर बोले, ''हमारे यहाँ यह माना जाता है कि बच्चे का गोत्र माँ ही जानती है।''

''सर, यह तो बहुत ही शर्मनाक बात है...लेकिन सर आज तो परदा नहीं है... ?''

बात बीच में ही काटकर कर्नल बोला, ''पुरुष प्रधान तो है।'' अब पुरुष प्रधान से पार्थ समझा या तो प्रधानमंत्री या फिर गाँव या ज़िले का प्रधान।

''लेकिन सर हमारे प्रधानमंत्री...।''

''नाऊ शटअप, विल यू ?'' कर्नल ने अब सिगार जलाया और दूसरा पैग लगाया। आज पीने की गति थोड़ी धीमी थी। फिर बहुत गहराई में सोचकर कर्नल बोला,

''जानते हो जब पहले घर की बहुएँ गर्भवती नहीं होती थीं तो उनकी सासें अन्धविश्वास के कारण उन्हें पीर-पैग़म्बरों के यहाँ उनके मठ में छोड़ आती थीं। इस विश्वास के साथ कि उनकी अलौकिक शक्ति से उनकी बहुएँ गर्भवती हो जाएँगी...और ऐसा बरसों चलता रहा। नतीजा कि ऐसे पीर-पैग़म्बरों को लोग, 'भगवान दादा' या फिर 'पीर बाबा' के नामों से जानने लगे जिनकी समाधियों पर वर्षों से आज भी लोग मन्नतें माँगते आ रहे हैं।''

फिर अपने सिगार को ध्यान से देखते हुए बोले, ''और धर्म के नाम पर यह सब चलता रहा, लेकिन आज अगर कोई मिनी स्कर्ट पहनकर दरगाह पर पहुँचे या फिर अपनी पीठ पर 'एक ओंकारा' का टैटू या फिर 'स्वास्तिक' बनवाकर डिस्को करते दिखे तो प्रबन्धक कमेटियों के आगे उन्हें लिखित क्षमा-याचना करनी पड़ती है।

''आए दिन कोई न कोई कलाकर, शिक्षाशास्त्री, साहित्यकार लोगों की धार्मिक संवेदना को ठेस पहुँचाने के नाम पर ज्यूडिशियरी में क्षमा-याचना करते दिखते हैं।...कितना दुख होता है यह सब पढ़कर। किसी को भी स्वन्तत्रता नहीं है। ना ही किसी कलाकार, शिक्षाशास्त्री, साहित्यकार, चित्रकार वगैरह, वग़ैरह। उफ़ !''

इस समय कमरे में घोर सन्नाटा छाया हुआ था। दोनों कुछ न बोल, महज़ एक-दूसरे को देखते भर रहे।

“आज के अख़बार में...” और फिर कटिंग ढूँढ़ता हताश कर्नल बैठ गया।

लेकिन पार्थ ‘अख़बार’ नाम से उचक चुका था।

“जी सर,” उसने एक अच्छे श्रोता की तरह कहा।

“एक जज़ का कहना है कि क्योंकि उसने ज्यूडिशियरी में बढ़ती करप्शन को रोकने के लिए क़दम उठाए, इसलिए उसका तबादला सिक्किम कर दिया गया, जबकि दूसरे जज का कहना था कि कारण उस जज का उसकी पत्नी के साथ फ्रेश होने का था।”

“सर वो जज़ और दूसरे जज की पत्नी एक साथ नहा रहे थे?”

“नहीं कपड़े धो रहे थे। तुम्हें सुनने और समझने की आदत कब पड़ेगी पार्थ ?” लेकिन पार्थ यह नहीं कह सका कि सर इतने सालों से और कर ही क्या रहा हूँ।

“यह वही ज्यूडिशियरी है जो आम आदमी को सज़ा सुनाती है। यहाँ जजों और पुलिस फ़ोर्स को बहुत बड़ी पावर मिली हुई है जिसका दुरुपयोग हो सकता है अगर यह पावर मिलने पर बन्दा अपने पर क़ाबू न रख सके।”

“जी सर।”

“लेकिन जजों को अपनी खाल बचाने पर यह नहीं ख़्याल रहता कि वो अपनी ही जड़ें काट रहे हैं।”

“यह तो सही है सर एक ने ज्यूडिशियरी में करप्शन बताया और दूसरे ने पुरुषप्रधान...” बात को झुँझलाकर काटने पर कर्नल बोला,

“बाय द वे तुम किस महकमे में काम करते थे ?”

“जी ‘डस्ट’ में सुपरवाइजर की पोस्ट पर रिटायर किया था सर।”

“वहाँ करप्शन ?”

“ऊपर से नीचे तक सर, लेकिन किसी से कहिएगा नहीं...”

“अब तुम कौन नौकरी पर हो ?”

फिर थोड़ा रुककर बोले, “क्या तुम भी इसमें शामिल थे?

“नहीं सर...तौबा।”

“क्यों ?”

“सर, रात को सोना भी होता है...फिर रेपुटेशन भी कोई चीज़ है।... नहीं तो क्या फ़र्क़ पड़ता है सर...”

“तो फिर तुमने रिश्वत क्यों नहीं ली।”

"सर हमारी एक ही बेटी है। मैं और मेरी पत्नी अपने को ईश्वर के बहुत निकट पाते हैं क्योंकि उन्होंने हमें अरसे बाद 'लक्ष्मी' घर भेजी। फिर और क्या चाहिए था !"

फिर थोड़ा रुककर बोला।

"सर ऐसे पैसे से प्रसाद, दाल-रोटी या फिर बेटी की शादी करने को मन ने गवाही नहीं दी।"

"तुम ठीक कहते हो।" कर्नल ने उसकी आँखों में सीधा देखते हुए कहा।

"सर पर ऐसे महकमे में ऐसे काम करना बहुत जोख़िम भरा है..."

"मैं समझ सकता हूँ पार्थ !"

"सर, बॉस लोग आपकी फ़ाइल ख़राब कर देते हैं। सर बुरे वो होते हैं नाम आपका लगा देते हैं।" और उसकी आँखों में आँसू थे।

"तुम ठीक कह रहे हो दोस्त!"

"सर मैंने 5 वर्ष पहले ही वालेंटरी रिटायरमेंट ले ली जो आजकल आसानी से मिल जाती है।"

"हाँ, आजकल ज़्यादा दामाद नहीं पाले जा सकते हैं।" कर्नल हँसा।

"दामाद...सर मैं अपने ससुराल के दूसरे दामाद से बिलकुल अलग था... सर भगवान जानता है..."

इससे पहले कि वो आगे बोले कर्नल ने 'पार्थ' कहकर उसे चुप करा दिया।

"लेकिन हम फ़ौजी ज़रूर सरकारी जमाई हैं।"

"सर..."

"सस्ते में शराब, कपड़े और राशन। नहीं तो कौन सीने में लोहा उतारेगा..."

"यह तो सच है सर...बड़े जोख़िम की ज़िन्दगी..."

"सिर्फ़ इतना ही नहीं, नॉन फ़ैमिली स्टेशन जो इतनी ऊँचाई पर होते हैं कि शराब तक असर नहीं करती...अपनों से दूर...कटे हुए...आपसी कलीग्स को छोड़ और कोई मित्र नहीं। यों तो सबसे बड़ा मित्र हमारी राइफ़लें ही होती हैं जिनके साथ सोना-जागना पड़ता है।" फिर थोड़ा रुककर बोले। "तुम नींद की बात कर रहे थे? फ़ौजी कभी नहीं सोता, वो नींद में भी जागता रहता है।"

“आप ठीक कह रहे हैं सर...”

लेकिन अंटी ख़ाली होती है...”

“मने ?”

“फ्री के बैरक और आडरलीज़...फ्री शराब और जेब से भी फ्री।”

“सर वहाँ सेलरी...”

“होती है लेकिन उतनी जितनी तुम बढ़वाना चाहो...और वो भी क्या...”

“सर वहाँ सेलरी फ़ौजी खुद बढ़वाता है?”

“हाँ, बन्दूक की नोक पर इडियट।”

“नहीं सर... ?”

“ओहदे बढ़वाने के लिए परीक्षाएँ देनी पड़ती हैं।”

“मने सारी उमर पढ़ते रहो?”

“हाँ, और लड़ते रहो...फिर चाहे मरो या जीयो।”

“सर यह तो सरासर जुर्म है...और कोई चारा नहीं ?

कर्नल ने एक पेपर कटिंग निकालकर सुर्ख़ियाँ पढ़ीं—डबल अवर सैलरीज—फोर्सेज अपरोच पे पेनल, साइट हाई रिस्क ट्रोमा एंड टर्बूलैंस ऑफ़ सर्विस। फिर थोड़ा रुककर, “आर्म्ड फोर्सेस ने जवानों और पीबीओआर के लिए बेहतर पेंशन डील की माँग की है क्योंकि हम लोग सिविलियंस से पहले रिटायर हो जाते हैं। पैसा पास में होता नहीं।” फिर पुर्ज़ा खोलकर पढ़े।

“अगर आप चाहते हैं कि हम जल, थल और वायु को पूर्ण सुरक्षा करें और साथ ही आतंकवादियों से भी लड़ें तो हमारी तनख़्वाह बढ़ाएँ—यह उनका कहना है।”

फिर बोले, “1 जनवरी, 1996 में फिफ्थ सेंट्रल पे कमीशन ने जो बढ़ाया था उसमें 400 रुपए की बढ़ोतरी की माँग कर रहे हैं।”

एक घूँट-भर सिगार का कश ले बोले, “1996 से हमारी सेलेरी दो बार बढ़ चुकी है, जिसमें 50 प्रतिशत महँगाई भत्ता और जोड़ा गया था। अतः जवान आज की तनख़्वाह में 200 प्रतिशत की और वृद्धि चाहते हैं।” फिर थोड़ा और रुककर कर्नल बोला, “दरअसल तीनों सर्विसेज के हेड आर. जे.जे. सिंह एडमिरल सुरेश मेहता और एयर चीफ मार्शल इ.एम. मेजर ने एक जॉइंट प्रेजेन्टेशन में डिफैंस मिनिस्टर ए.के. एन्थॉनी को रेक्क्नेन्डेशन

टू सी मेड टु द सिक्स्थ सीपीसी भेजा है।''

''यह तो अच्छा हुआ सर।''

''हाँ, लेकिन जब तक होता नहीं, क्योंकि मिनिस्टर लोग जीडीपी ग्रोथ को बीच में ले आते हैं।''

''सर किसे ?''

''छोड़ो पार्थ, कोई न कोई तो बीच में आ ही टपकता है।''

''यस सर, लेकिन ऐसा क्यों होता है...'' पार्थ बोला।

''इधर जवान लोग प्राइवेट सेक्टर की नौकरियों पर नज़र रखे हुए हैं... जो बहुत आकर्षक हैं, यदि सरकार का यही रवैया रहा तो देश में फ़ौज नाम की चीज़ ही नहीं होगी, जबकि डिफेंस कोटा 96,000 करोड़ का होता है।''

''सर एक सीरियल 'शपथ' आया था, उसमें...''

''ओह शटअप पार्थ, इट इज पार्ट ऑफ़ द गेम।''

उस रात कर्नल बहुत ही हल्के मूड में था। पार्थ के आते ही बोला, ''महाराष्ट्र के एक ज़िले रायगढ़ में एक पनवल जगह है जहाँ पर एक ऐसा मन्दिर माना जाता है जो चोरों को सज़ा देता है। लोगों का विश्वास कि अगर आप छेरुबे मन्दिर की पूजा करें तो आपकी चुराई गई चीज़ें आपको वापस मिल जाएँगी। चोर स्वयं आकर आपको आपकी चीज़ें लौटा जाएगा। भले ही उसे सज़ा ही क्यों न भुगतनी पड़े।''

''सर ऐसी कहानियाँ बचपन में 'चन्दामामा' में पढ़ता था।''

''उस मन्दिर में आज मुंबई और उसके आसपास के लोग हज़ारों में भगवान छेरोबा की पूजा करने आते हैं ताकि उनका चुराया सामान वापस मिल जाए। श्रद्धालु नारियल चढ़ाकर उसका पानी किसी बर्तन में डालकर पीते हैं। ऐसा माना जाता है कि उस पानी का एक चम्मच भी चमत्कार करता है। इसलिए अब उस पर झगड़ा ज़्यादा चलता रहता है।'' अब वहाँ चोरी कम और लड़ाई अधिक होती जा रही है। माना जाता है कि चोर बीमार पड़ जाता है ऐसा 'बी' न्यूज़ का दावा है।''

''सर यह ख़बर सिर्फ़ 'बी' न्यूज़ ने ही दी होगी...।''

शटअप पार्थ। हमारे यहाँ अन्धविश्वास आज भी हमारा पीछा कर रहा है।'' कर्नल दुखी हो शान्त हो गया।

''लेकिन सर 'बी' न्यूज़ को यह ख़बर अन्य चैनलों की तरह देनी ही नहीं चाहिए थी। एक तो सर आजकल न्यूज़ चैनल अलग से...''

लेकिन लेखन पर बहुत सिलिंग है। डॉन ब्राउन, तसलीमा, रुशदी यह सब लेखक सच लिखने पर छिपते फिरते हैं। कितनी शर्म की बात है।''

''लेकिन सर चन्दामा...''

''पार्थ। यह सूरज मामा है। यह वो लोग हैं जो तब लिखते हैं जब उन्हें आग लगती है।''

''जी सर।''

''सर लेखकों को इन सबमें पड़ना ही नहीं चाहिए।''

''पार्थ।''

अगले दिन पार्थ थोड़ा लेट था।

''सर सिर्फ़ ट्रैफिक जाम ही नहीं, लोग आपस में गुत्थम-गुत्था भी हो रहे थे। सर समस्याएँ घटने की जगह बढ़ती जा रही हैं। ज्यों-ज्यों नई-नई गाड़ियाँ बढ़ रही हैं, लोगों का गुस्सा भी बढ़ता जा रहा है। सर इन पर सरकार सीलिंग...''

पार्थ को बीच में काटते कर्नल ने आज का पहला प्रश्न किया, ''हम विवाह क्यों करते हैं ?''

पार्थ उछला। यही प्रश्न पार्थ ने कर्नल से पूछा था तो वो टाल गया था। आज खुद जाल में आ फँसा है। पार्थ ने सोचा, लेकिन बहुत ही मासूमियत लिये बोला।

''सर यह रामायण महाभारत से चला आ रहा है।''

''हाँ...और ?''

''सर बच्चे पैदा करने के लिए।''

''मने सेक्स ?''

''सर आप यह भी कह सकते हैं।''

''रामायण और महाभारत में और क्या लिखा है ?''

"छोड़िए सर, उसमें तो द्रौपदी चीर-हरण, सीता हरण भी शामिल है।"

"वो आज भी होता है, लेकिन ज़्यादातर आदमी 'सेक्स' और अकेलापन दूर करने के लिए विवाह करता है।"

"हाँ, सर यही ठीक है।"

"लेकिन सेक्स में इम्बेलेंस होने से अकेलापन और बढ़ जाता है। और विवाह बैक फ़ायर कर जाता है।"

"सर...फ़ायरिंग।"

"और फिर ऐसे में क्या किया जाए ?"

"सर कैसे में ? मैं समझा नहीं।"

"क्या तुम जानते हो कि सेक्स ज़िन्दगी में बहुत बड़ी अहमियत रखता है ?"

"जी सर।"

"लेकिन अगर पुरुष-स्त्री को उसमें पूरा सन्तोष नहीं मिलता तो विवाहित जीवन बर्बाद हो जाता है ?"

"सर सेक्स में किसे सन्तोष नहीं मिलेगा ?"

"शायद तुम जानते नहीं कि दाम्पत्य जीवन में सेक्स का बहुत बड़ा हाथ होता है।"

वो बिना उत्तर की प्रतीक्षा किए आगे बोला, "बहुत-सी मध्यवर्गीय लड़कियों को यह सिखाया जाता है कि पहली रात पूरा समर्पण ठीक नहीं। साथ ही यह भी सिखाया जाता है कि पुरुष जो भी करे उसे टोकना नहीं चाहिए।"

"हाँ सर, पुरुष प्रधान..."

"नाऊ शटअप एंड लिसेन, बहुत से पुरुष अपनी पत्नी के साथ पूर्ण आनन्द नहीं उठा पाते। और कई बार औरतों को पूरा ऑर्गाज़्म प्राप्त नहीं होता।"

"सर...क्या..."

"पूर्ण सन्तोष।...पूर्ण तृप्ति..."

"जी..." और पार्थ के लिए आगे सुनना मुश्किल होता जा रहा था।

"सिर्फ़ इसलिए आजकल तलाक़ ज़्यादा सुनने को मिलते हैं।"

"सर, तलाक़ का यह कारण होता है ?" उसने ऐसे कहा मानो उसे विश्वास ही नहीं हो रहा था कि अपने वकील और जज के आगे ऐसा प्रस्ताव

भी रखा जा सकता है।

"सेक्सुअल मैल एडजेस्टमेंट के अलावा और बहुत से कारण हो सकते हैं, जैसे विचारों का न मिलना, इनफाइडिलिटी, इनफर्टिलिटी, स्वभाव या फिर औरत ज़्यादा सेलेरी लेती हो तो भेद-भाव वग़ैरह-वग़ैरह।"

पार्थ की टाँगें तनाव में अब जुड़ चुकी थीं।

कर्नल आगे बोला, "तुम्हें शायद मालूम नहीं कि लन्दन में एक 'सेक्स थीम पार्क' है जहाँ बेहतरीन सेक्स प्राप्त करने के कई नुस्ख़े देखने, सुनने और समझने को मिलते हैं।" फिर पार्थ को एडजेस्ट होने के लिए उन्होंने थोड़ा समय देते हुए आगे कहा,

"वहाँ औरतों और मर्दों को सेक्स करते किन-किन पोज़िशन पर होना चाहिए दिखाया गया है। ताकि ऑर्गाज़्म प्राप्त हो सके। इस सबको समझाने के लिए वहाँ नक़ली तन्त्रों और डम्मियों द्वारा प्रदर्शित किया गया है। उसमें यह भी यन्त्रों द्वारा संकेत मिलता है कि आप औरत के जी-स्पॉट तक कैसे पहुँच सकते हैं। वहाँ 45 सेक्स खिलौने झूठे बूब्ज़, टैस्टिकल्स, एक वाइब्रेटर रखे हैं जहाँ ज़्यादातर औरतें अपने मित्रों या पत्नियों के साथ आती हैं। पुरुष जो ज़्यादा शर्मीले होते हैं...तुम्हारी तरह उन्हें तो ज़रूर जाना चाहिए। मात्र इसलिए कि सेक्स कोई बेशर्मी की चीज़ नहीं।"

थोड़ा रुककर कर्नल ने जेब से एक कटिंग निकालकर उसकी सुर्खियाँ पढ़ी, जबकि पार्थ की आँखें शर्म से ज़मीन में गड़ती जा रही थीं।

लन्दन—फर्स्ट एवर, सेक्स थीम पार्क यू.के.।

"इट हैज टन्नल कॉल्ड एमऑर्गेज्म व्हेयर रीयल लाइफ़ स्क्रीमिंग ऑर्गेज्म आर प्लेड।"

कर्नल को लगा कि अगर वो आगे कुछ बोला तो पार्थ वहीं ढेर हो जाएगा। इसलिए उन्होंने पैंतरा बदला।

"तुम्हें सेक्स के दौरान आदमी के स्टेमिना का अन्दाज़ा नहीं होगा ?"

पार्थ काफ़ी देर चुप रहा फिर धीरे से बोला।

"सर मैंने कभी ध्यान नहीं दिया।" वो मुँह ही मुँह में बुदबुदाया।

"अब शर्म छोड़ो और हक़ीक़त सुनो। सेक्स पर खुलकर बात करना अब एक सेक्शन के लिए टैबू नहीं रहा।"

"सर तम्बू... ?"

"मतलब यह कोई शर्मनाक बात नहीं, बल्कि इसे समझना ज़रूरी है।

अगर आप सफल दाम्पत्य जीवन चाहते हैं।''

''जी सर...''

''यों कल तक की फ़िल्मों में नायिका रेप होने पर फटे कपड़ों में यह कहती मिलती थी–'मैं लुट गई...बर्बाद हो गई', और नायक के मनाने के बावजूद वो कहती थी, 'नहीं, मैं तुम्हारे लायक नहीं रही'...'' और कर्नल हो-हो कर हँस उठा।

''सर नायक के कहने के बाद तो उसे ऐसा नहीं कहना चाहिए...''

फिर इत्मीनान से बैठ वह कर्नल के उत्तर की प्रतीक्षा करने लगा।

''यह 'डायरेक्टर' कहलवाता है क्योंकि फ़िल्म आम पब्लिक की संवेदना से नहीं खेल सकती...जबकि आजकल ऐसा डायलॉग डायरेक्टर फाड़कर फेंक देता है। पब्लिक मैच्योर हो चुकी है।''

फिर थोड़ा रुककर बोला, ''देखते नहीं कि आजकल की तारिकाएँ शादी से पहले चार-पाँच धुएँदार इश्क़ करने के बावजूद एक ऊँचे स्तरीय परिवार की बहू स्वीकारी जाती हैं !''

''हाँ सर, अभी पीछे ही कपिला राय और आशुतोष का विवाह...''

''आजकल ऐसी बहुत-सी कपिलाएँ और आशुतोष लाइन में हैं–'' तब तक जब तक वो पड़ोस से जी न भर लें।''

''जी सर, यह तो सच है।''

''लेकिन समझने वाली बात यह है कि हमारा आम आदमी आख़िर कितना समय लेगा। आख़िर समाज तो आम आदमी से ही बनता है न !''

''सर यह तो बहुत ही मुश्किल प्रश्न है...'' उसने बड़ी चिन्ता में हाथ मलते कहा। मानो वो तो उनमें शामिल नहीं ही था। लेकिन स्वीकारना इसलिए ज़रूरी था क्योंकि वो स्टैमिनावाले प्रश्न पर पहुँचना चाहता था।

''सर आप स्टैमिना की बात कर रहे थे !''

''हाँ, तुम्हारी याददाश्त बहुत तेज़ है।'' तो पार्थ झेंप गया।

''लेकिन उससे पहले मैं तुम्हें 'एक्ट ऑफ़ किसिंग' के बारे में बताना चाहूँगा :

बटर फ़्लाई किस–इसमें आप चेहरे के पास अपनी आँखों को झपकेंगे जिससे तुम्हें उसके दिल की धड़कन सुनाई देगी।

चीक किस–यह प्यार जताने का आम तरीक़ा है। अपनी प्रेयसी को

कमर से पकड़कर अपने होंठों को उसके गालों पर घुमाओ।

फ़िंगर किस–अपने साथी की उँगलियों के साथ खेलो फिर उन्हें चूसो।

वैक्यूम किस–अपने साथी को ऐसे मुँह में चूसो कि लगे उसके मुँह की हवा अपने में खींच रहे हो।

चॉकलेट किस–मुँह में चॉकलेट बाट रखकर किस करो।

आइकिस–पार्टनर को पकड़ आँखों को चूमो।

टाइगर किस–पीछे से आकर पार्टनर को आश्चर्य से पकड़ो और प्यार से उसकी गर्दन में दाँत गड़ा दो।''

पार्थ का मुँह सुर्ख़ हो चला था। वो सँभल ही रहा था कि कर्नल बोला, ''आह, स्टैमिना।''

कर्नल थोड़ी देर पार्थ को संयत होने देने के लिए चुप रहा। फिर बोला,

''एक आम हिन्दुस्तानी सब कुछ को मिलाकर 13 मिनट में तमाम हो जाता है। ग्लोबल एवरेज कोई 18 मिनट है, जबकि नाइजीरियन ग्लोबल टॉपर्स हैं, जो 24 मिनट लेते हैं। यह आम औरत के बस के नहीं।''

पार्थ सिहर उठा।

''तुम्हारा ज़िन्दगी में 'रोल मॉडल' कौन है ?''

''सर अमिताभ बच्चन। सर बहुत दिन पहले पढ़ा था कि...मैडम टस'' अभी वाक्य पूरा भी नहीं हुआ था कि कर्नल ने पूछा,

''अमिताभ बच्चन ही क्यों ?''

''सर अमितजी ने हर प्रकार के रोल किए हैं। उसके साथ...''

''शटअप, विल यू...'' फिर थोड़ा संयत होकर बोले,

''मेरे कहने का मतलब था कि जीवन में तुम किस व्यक्ति को अपना आदर्श मानते हो ?''

''सर, महात्मा गांधी...,'' फिर आगे हिम्मत कर बोला।

''सर आपका...''

कर्नल थोड़ी देर चुप रहा, फिर बोला, सड़क का आम आदमी जो कभी बसों में, कभी रिक्शा खींचते या फिर सड़कें तोड़ता दिख जाता है, उसे उस दिन का तापमान भी नहीं मालूम होता, क्योंकि उसे पता है कि उसे काम तो करना ही है।''

''सर उसे तापमान इसलिए नहीं पता होता क्योंकि वो अख़बार नहीं पढ़ता।''

"बकवास बन्द करो।" फिर थोड़ा रुककर बोले,

"हम क्यों पीते हैं ?"

पार्थ चुप रहा क्योंकि उसके पास तो यही उत्तर था कि सर आप पिलाते हैं...

इतने में कर्नल बोला, "जवानी में जुनून के लिए और बढ़ती उम्र में सुकून के लिए।"

अगली रात कर्नल कमरे में चहलक़दमी करता मिला। पार्थ आकर सोफ़े पर बैठ गया और कर्नल के पहले प्रहार की प्रतीक्षा करने लगा।

थोड़ी और चहलक़दमी करने के बाद कर्नल बोला, "एक लेखक थे मोहन राकेश..."

कुछ आगे न बोलने के बाद वह रुके, जिस पर पार्थ ने जबरन 'जी' कहा।

"वो बहुत ही अल्पायु में चल बसे। वो हिन्दी के अकेले ऐसे लेखक थे जो कहानीकार, उपन्यासकार तथा नाटककार एक साथ थे।"

कर्नल की चहलक़दमी और सिगार के कश साथ-साथ चलते रहे।

पार्थ को इतना कहने के बाद भी विषय समझ में नहीं आया, इसलिए वो मात्र 'जी' कहकर आगे सुनने की कोशिश करता रहा कि बात आगे चले तो उसे कुछ समझ आ जाए।

"छोटी-सी आयु में वो एक मील का पत्थर थे।"

बात यद्यपि पार्थ की समझ में नहीं आई लेकिन इसके बावजूद वो प्रभावित हुए बिना नहीं रह सका। जवाब में बोला, "सर ताज्जुब है...," फिर देखता रहा, उत्तर सही बैठा या नहीं।

कर्नल अभी भी चहलकदमी कर रहा था। पार्थ को याद आया कि यह नाम कर्नल के मुँह से वो पहले भी सुन चुका है। बोला, "सर यह वही मील का पत्थर है न जिन्होंने कहा था कि 'लड़ाई हमेशा दो के बीच होती है, नहीं तो नहीं।"

"पार्थ, कभी-कभी मुझे लगता है कि तुमसे बात करनी व्यर्थ है लेकिन फिर भी किए बिना नहीं रहा जाता।" कर्नल बोले, "उन्होंने कहा था कि

लड़ाई हमेशा सही और सही...''

''हाँ सर, याद आया कितना सच कहा था उन्होंने।''

कर्नल ने फिर बोलना शुरू किया : ''उनके सम्पूर्ण साहित्यिक लेखन में भले ही वो कहानी, उपन्यास या नाटक ही क्यों न हो वो सिर्फ़ स्त्री-पुरुष के रिश्तों को ही समझते रहे।''

''सर उन्हें कुछ समझ आया... ?''

''पार्थ, कभी तो सिर्फ़ सुना ही करो...''

''यस सर,'' और वो एकाग्र हो उन्हें देखने लगा।

''48 की आयु में उनका निधन भी हो गया लेकिन खोज ख़त्म नहीं हुई, फिर थोड़ा सोचकर बोले, ''उन्होंने तीन विवाह किए थे...''

पार्थ मानो चीख़ उठा, ''सर एक साथ...''

''पार्थ, तुम्हें अक़्ल कब आएगी।''

''सर तब तक तो उन्हें पता चल...''

''पार्थ औरतों के भेद ऋषि-मुनि भी नहीं जान पाए...''

''फ़िर तो सर उन्होंने व्यर्थ ही...''

''पार्थ !'' और पार्थ व्याकुल हो कोने में दुबक गया।

कर्नल आगे बोले, ''जीवन में इन्सान कभी-कभी कितना अकेला पड़ जाता है।

इस पर पार्थ ने चारों तरफ़ नज़रें दौड़ाकर पूछा, ''सर आपने दूसरी शादी क्यों नहीं कर ली ?''

''उससे क्या होता ?''

''सर अकेलापन...''

''कोई ज़रूरी तो नहीं, बढ़ भी सकता था।''

''हाँ सर मेरी साली हमेशा मेरे साले पर सवार रहती है।''

''कभी साले, साली पर सवार हो जाते हैं।'' कर्नल मुस्कराया।

''जी सर, यह खोज तो बहुत ज़रूरी थी।'' थोड़ा रुककर पार्थ बोला, ''सर, उनके बाद क्या किसी ने उन प्रश्नों के उत्तर नहीं ढूँढ़े ?'' वो अब भी सीरियस था।

''प्रश्न तो छोड़ो उनके बाद उनके बराबर का कोई नाटककार ही पैदा नहीं हुआ।''

''सच सर अगर वो कुछ समय और...''

बीच में ही उसे काटते हुए कर्नल बोले, "पार्थ !" फिर थोड़ा रुककर बोले।

"विवाहित जीवन जितना दिखने में सरल लगता है उतना ही विकट जीने में होता है। औरत आदमी पर सवार तो कहीं आदमी औरत पर सवार।"

"सर ऐसा क्यों होता है ?"

"इसका उत्तर भी उतना सरल नहीं पार्थ।"

"सर एक शब्द और भी है, आपने कहा जब पति-पत्नी सेक्स में क्या नहीं पाते ?"

"ऑर्गाज़्म।"

"सर इसका अर्थ ?"

"पूर्ण सन्तोष या फिर एक अलौकिक सुख भी कह सकते हैं।"

"अलौकिक ?" पार्थ परेशान हुआ, क्योंकि उसने ऐसी कोई अलौकिक सुख सेक्स में नहीं पाया था।

"सर यह ज़रूरी है ?"

"नहीं, कुछ लोग कम हॉट होते हैं कुछ ज़्यादा।"

पार्थ को यद्यपि बात पूरी तरह समझ नहीं आई फिर भी उसे सन्तोष मिला कि सभी हॉट नहीं भी होते।

"सर वहाँ तो पारिवारिक जीवन ठीक चलता होगा ?"

"कहाँ... ?"

"जिसमें कम हॉट होते हैं सर !"

"हाँ, लेकिन यदि पत्नी हॉट है और पति हॉट नहीं या फिर पति हॉट है और पत्नी नहीं तब भी मुश्किल पड़ती है।"

पार्थ को विश्वास हो गया था कि उनमें से कोई हॉट नहीं था।

कर्नल आगे बोला, "यों तो समाज या फिर बच्चों की वजह से कुछ परिवारों की ज़िन्दगी ढेचूँ-ढेचूँ चलती रहती है या फिर ख़त्म हो जाती है।"

"सर मैंने सेक्स को इस तरह कभी नहीं जाना," पार्थ अब अपने को एक सफल पति होने के नाते बहुत खुश महसूस कर रहा था।

"सेक्सुअल मेल एडजेस्टमेंट के अतिरिक्त और भी बड़े कारण होते हैं। पति-पत्नी यदि दोनों काम करते हों तो आजकल अच्छे पे-पैकेट के नाम पर कम्पनी काम भी अच्छा लेती है। दोनों इतने थककर लौटते हैं कि

ख़ासकर पत्नी अपने को रात में सेक्स के लिए बिलकुल भी तैयार नहीं पाती। वो थकी होती है और इस तरह उत्तरोत्तर आपसी दूरी पैदा होने लगती है। यों भी आजकल पुरुष अपने सेक्स के लिए पत्नी का मोहताज नहीं रहता। वह अपने सेक्स का आयोजन भी अपनी क्लीग्ज़ के साथ ही रखना पसन्द करता है।'' कर्नल अब थक चुका था।

''आप क्या कह रहे हैं सर... ?''

''इसके कारण हैं।'' थकी हुई औरत बिस्तर में एक शव के अलावा और कुछ नहीं होती। पति के बहुत आग्रह पर कपड़े उठा वो उसे पूरा समझती है।''

''सर, पर सेक्स तो किया न ?''

''नाऊ गेट लॉस्ट पार्थ।''

''सर क्या सभी ऑफिस में सेक्स ढूँढ़ लेते हैं?''

''सभी नहीं...लेकिन और बहुत तरह से सेक्स मिलता है।''

''सर आप नदी-नालों की बात कर रहे थे...एक दिन।''

''हाँ,'' कर्नल कुछ सोचता रहा, फिर बोला, ''क्या तुम ओरल सेक्स के बारे में जानते हो ?''

''नहीं सर।''

''बहुत कम औरतें मर्दों को इस प्रकार का ऑर्गाज़्म दे पाती हैं।

''सर कैसा ?''

''ओरल सेक्स जैसा।''

''सर वो क्या होता है?''

''तुम कॉक तो समझते हो न?''

''जी,'' पार्थ तुरन्त बोला।

''कॉक का इरेक्शन पता है ?''

''जी।''

''जेंट्स लू गए हो ?''

''जी।''

''वहाँ कॉक का इरेक्शन देखा है।''

''मुर्गा जेंट्स लू में क्या करेगा सरजी ?''

''टु हेल विद यू पार्थ।''

''सर, आप ठीक से समझाएँगे तो सब समझ जाऊँगा।''

“ठीक है, कुछ पेशेवर औरतें होती हैं जो सेक्स-वर्कर कहलाती हैं और कुछ भले-घर की लड़कियाँ भी होती हैं।”

“सर अविवाहित...”

“हाँ।”

“पर सर क्यों ?”

“पैसा बनाने के लिए। उन्हें ज़िन्दगी में सबकुछ अच्छा चाहिए। कपड़े, जूते और स्टैंडर्ड की ज़िन्दगी जो उनके माँ-बाप उन्हें नहीं दे सकते।”

“तो क्या उनके माँ-बाप को...”

“नहीं वो नहीं जानते। उन्हें यह तब पता चलता है जब पुलिस छापा मारती है। ठीक वैसे जैसे हमारे राजनीतिक लोगों की अचानक पोलें खुल जाती हैं।”

“सर आज के ज़माने में पति-पत्नी के आपसी सम्बन्धों पर खोज करना बिल्कुल बेकार है। सर...कितनी गन्दगी...क्योंकि...”

“यह गन्दगी तब भी थी पार्थ। लेकिन परदे के पीछे—तब साझेदारी मानी जाती थी लेकिन आज बाहर आने पर सभी सज्जन कहलाए जाना चाहते हैं।” फिर थोड़ा रुककर बोले, “आज वो समाज खुलकर सामने आया है। लेकिन यही लोग अपने को छोड़ अन्यत्र बुराई ढूँढ़ते हैं...और इनका साथ देती है ज्यूडिशियरी ज़िनमें से वह स्वयं हैं जिन्हें यह दोष देते हैं।”

“सर मैं कुछ समझा नहीं।” थोड़ा सिर खुजलाते और चिड़चिड़ाते कर्नल बोला, “जो पकड़ा गया वो चोर है।”

“सर, मैं कुछ नहीं समझा।”

“इसमें सभी मिले होते हैं। पुलिस तक। लेकिन लोगों की आदत है परदा डालने की।”

“सर पहले परदे के पीछे कोई प्रॉब्लम नहीं थी, समाज को ?”

“नहीं। लेकिन जैसे-जैसे समय में बदलाव आया, बातें साफ होती गईं, वह अपने को छोड़ दूसरे को ‘साला’ बोलने लगे।”

“पर सर मानने में क्या है, जब ऐसा है तो ?”

“इसमें लोगों की नौकरी, इज़्ज़त और भविष्य का ख़तरा है।”

“सर इनमें कौन-कौन लोग शामिल हैं ?”

“सभी।”

"तो फिर आपसी समझौता क्यों नहीं कर लेते ?"

"जीने की भी कुछ शर्तें होती हैं पार्थ।"

"तो क्या यह शर्तें उनमें नहीं आती।"

"नहीं।"

"तो फिर..."

"चुपचाप जीते हैं और अगर कोई पकड़ा गया तो वो चोर शेष शरीफ़। कितना भी छुपाने पर बातें कभी न कभी तो खुल ही जाती हैं। कोई बात हमेशा के लिए तो नहीं छुपी रहती।"

उस दिन पार्थ बहुत दुखी लौटा। वह और भी जानना चाहता था। लेकिन कर्नल जितना बताता उससे ज़्यादा पूछना व्यर्थ था।

"तुम क्या समझते हो कि जितना तुम्हारी आँख देखती है, समाज उतना ही है ?" आज कर्नल में बहुत आक्रोश था।

"सर मैंने तो पहले पूरे समाज को ही नहीं देखा। जो जाना है आपसे ही जाना है।"

"पूरा समाज तुम्हारे लिये उतना ही है जितने आदर्श तुमने पाले हुए हैं। लेकिन उन आदर्शों के आगे एक जहाँ और भी है।"

"आप कहते हैं तो ज़रूर होगा सर। आपने तो देखा होगा।"

"हाँ।"

"लेकिन सर आप तो एक बन्द ज़िन्दगी जीते रहे हैं। मने फ़ौज में तो आपने वो समाज रिटायरमेंट के बाद... ?"

"नहीं, फ़ौज में रहते हुए–साथ में बुक्स पढ़ने का भी ज्यादा ही शौक़ीन हूँ।"

"हाँ, सर आप अख़बार..."

"अख़बार से ज़्यादा...पुस्तकें मुझे पढ़ने का बेहद शौक़ है...हर विषय पर..."

"जी। सर यह पुस्तकें क्या सब पढ़ते हैं?"

"नहीं...कुछ पुस्तकों से जानकारी बढ़ाते हैं...कुछ लोगों को समझकर।"

"सर आपने तो दोनों से..."

"क्या तुम जानते हो कि हमारा समाज कितने प्राणियों का मिश्रण है ?"

"मैं समझा नहीं सर... ?"

"समाज में कितने प्रकार के प्राणी बसते हैं ?"

"सर अगर आप लिंग से मतलब रखते हैं तो मेरी जानकारी में स्त्री और पुरुष समाज को बनाते हैं।"

"तुम्हारे बारे में मेरी राय कभी ग़लत नहीं हो सकती।"

पार्थ बहुत खुश था। बोला, "सच सर।"

"अहमक़ हो तुम...अहमक़।"

"सर तो फिर ?"

"हमारी आँखें भी हमें धोखा देती हैं और समाज विशेष भी।"

"सर कैसे ?"

"जिन लोगों पर वो उँगली उठाते हैं, उनमें वह स्वयं भी होते हैं।"

"कैसे सर ?'

"दोग़ले।"

"हाँ सर यह तो मैंने 'डस्ट' के डिपार्टमेंट में भी पाया है। एक रिश्वत लेता है तो दूसरों को चोर कहता है।"

"ठीक उसी तरह हमारे समाज में बँटी इकाइयों का हाल है। फिर थोड़ा रुककर बोले, "हमारा समाज बहुत-सी 'इकाइयों' या फिर बहुत 'प्रकार' का है।"

"जी..." वो उत्सुकता से बोला।

"क्या तुम जानते हो आम कितने प्रकार का होता है ?"

"जी सर, अल्फासों, चौंसा, दशहरी..." वो अभी बोल ही रहा था कि कर्नल बोला, "ठीक इसी तरह हमारा समाज भी कई प्रकारों में बँटा हुआ है। आज से नहीं बरसों से, लेकिन परदे के पीछे..."

"सर तब भी प्रकार थे ?"

"थे, लेकिन परदे के पीछे।"

"तो आज बाहर क्यों आए ?"

"समय के साथ-साथ आए।"

"हाँ सर, समय तो बहुत बदल गया है। पहले औरतें काम नहीं करती थीं लेकिन आज हर डिपार्टमेंट में देखने को मिलती हैं। और सर प्रेम-विवाह

भी होने लगे और डाइवोर्स भी..."

"और इन्हीं के साथ-साथ छुपी बातें भी बाहर आ गई हैं, लोगों के साथ।"

कर्नल आगे बोला, "हमारे समाज में आम की तरह मनुष्यों की भी अलग-अलग श्रेणियाँ हैं।"

"जी सर। मैं अब समझा, जैसे ब्राह्मण, क्षत्रिय-वैश्य और शूद्र हैं।"

"हाँ पार्थ लेकिन मैं छुपी श्रेणियों की बात कर रहा हूँ।"

और पार्थ उन श्रेणियों को जानने के लिए उत्सुक था।

"जी सर।"

"हमारे यहाँ क्या पूरी दुनिया में यह श्रेणियाँ भरपूर मात्रा में हैं। इनमें हेट्रो-सेक्सुअल, होमो-सेक्सुअल, बायो-सेक्सुअल, लेस्वियंस ट्रासजेंडर्स तथा हिजड़े शामिल हैं। अगर इन सबको एक तरफ कर दें तो हेट्रो-सेक्सुअल माइनॉरिटी में चले जाएँगे।"

"सर हेट्रो-सेक्सुअल क्या अच्छी श्रेणी नहीं है?...सर हेट्रो दिखने में कैसे होते हैं ?"

"इडियट...इनके सिर पर सींग होते हैं। पार्थ तुम और मैं हेट्रो हैं।"

"ओह तो सर बाक़ी देखने में कैसे लगते हैं?"

"गधे लगते हैं...वो भी दिखने में हमारी तरह याने हेट्रो लगते हैं, लेकिन व्यवहार में अन्तर है अर्थात् सेक्स में।"

"कुछ ज़्यादा ही कन्फ्यूजन है सर।"

"नहीं कोई कन्फ्यूजन नहीं। हेट्रो औरतों के साथ भी और गेज़ के साथ भी सेक्स करता है लेकिन गेज़ आपस में भी और हेट्रो मर्द के साथ भी सेक्स करते हैं। लेकिन महिलाओं के साथ नहीं।"

"पर सर हेट्रो क्यों गे के साथ सेक्स करेगा ?"

"हाँ यह हुआ कोई प्रश्न ! जब उसे अपनी पत्नी से ऑर्गाज़्म प्राप्त नहीं होता।"

"सर मैंने कभी गे नहीं देखा।"

"तुम्हें क्या मालूम कि तुम्हारा पड़ोसी गे अर्थात् होमो-सेक्सुअल हो... या फिर तुम्हारा बॉस !"

अब पार्थ सकपका चुका था। उसे कोई उत्तर नहीं सूझ रहा था।

"तुमने गे शब्द तो सुना होगा ?"

"सर पढ़ा भी है और सुना भी है। आप बुलशिट को गे कह रहे थे ? लेकिन सर गे का मतलब प्रसन्न व्यक्ति से है, लेकिन हमारा पड़ोसी तो बहुत चिड़चिड़ा है। हम लगभग नहीं के बराबर उससे बात करते हैं।"

"हाँ, लेकिन आज गे जाति प्रसन्न जाति नहीं रही। वह समाज के नाम पर एक धब्बा माना जाता है।"

"क्यों सर ?"

"क्योंकि हमारा संविधान ऐसा कहता है फिर भले ही हमारा जज ही गे क्यों न हो लेकिन उसे ऐसा ऑर्डिनेंस पास करना ही पड़ता है।"

"कैसा ?"

"कि अगर गे पकड़े गए तो दस साल की क़ैद और जुर्माना।"

"खुश होने से...यह तो कोई बात न हुई सर..."

"ऐसी ही बात है गे लोग आपस में सेक्स करते हैं।"

"मने गे पति-पत्नी..."

"नहीं सिर्फ़ गे मर्द जो आपस में सेक्स करते हैं।"

"सर मर्द बिना औरत के आपस में सेक्स भी कर सकते हैं जैसे औरतें बिना मर्द के बच्चा भी पैदा कर सकती हैं...मैंने पढ़ा था..."

"हाँ, लेकिन औरत का अकेले बच्चा पैदा कर सकना वैज्ञानिक बात है जबकि मर्द का मर्द के साथ सेक्स प्रकृति के ख़िलाफ़ माना जाता है।"

"तो सर वो फिर ऐसा क्यों करते हैं ?"

अपनी आन्तरिक इच्छापूर्ति के लिए। कर्नल बोला।

"लेकिन सर वो सेक्स कैसे कर लेते हैं?"

कर्नल ने अब लाकर कुछ पोर्न किताबें पार्थ के हाथ में रख दीं। उन्हें उलट-पुलटकर पार्थ बोला, "इससे बेहतर शादी क्यों नहीं कर लेते ?"

"नहीं चाहते। लेकिन माँ-बाप ज़बर्दस्ती कर देते हैं, जिसका परिणाम अच्छा नहीं होता।"

"सर गे की शादी में गे बराती तो रोते हुए ही बारात में जाते होंगे।"

"पार्थ।"

"सर अगर इनकी प्रबल इच्छा मर्द के साथ सेक्स करने की होती है तो वो यह बात माँ-बाप को क्यों नहीं बताते ?"

"इतना आसान भी नहीं है पार्थ। और अगर बता दें तो परिवार से निष्कासित कर दिए जाते हैं, क्योंकि समाज ऐसा चाहता है, और माँ-बाप

एक वारिस भी चाहते हैं। आख़िर पुश्तैनी जायदाद कहाँ जाएगी ! लेकिन इनकी पत्नियों के चेहरे पर 36 बजे होते हैं।" फिर थोड़ा रुककर, "परिवार तो हर कोई चाहता है न !"

"हाँ सर हम विवाह भी परिवार बनाने के लिए ही करते हैं..."

"लेकिन यह अपना परिवार नहीं बना सकते—किसी औरत के साथ नहीं सो सकते।"

"सर इन्हें औरतें पसन्द नहीं?"

"औरतें बहुत पसन्द हैं लेकिन सेक्स के लिए नहीं।"

"सर देखा तो यह गया है कि जब किसी मर्द को कोई औरत पसन्द आती है तो वो उसके साथ सेक्स की सोचता है।"

"हाँ, इसी बात पर तो मैंने एक दिन कहा था कि हमें ज़बर्दस्ती क्यों भाभी कहना पड़ता है। अब समझे पार्थ।"

और पहली बार पार्थ और कर्नल एक साथ हँसे।

बातें बहुत बाक़ी थीं लेकिन रात बहुत कम बची थी, और पार्थ लौट गया।

"तो सर इन्हें औरतें नहीं मर्द पसन्द हैं?"

"ठीक।"

"तो सर जितने कुँवारे हैं वो सब गे हैं।"

"नहीं, ऐसा भी नहीं है। कभी बताने पर भी और कभी न बताने पर माँ-बाप कुछ अपनी और कुछ समाज की ख़ातिर उनका विवाह कर देते हैं। वह विवाहित और अविवाहित भी हो सकते हैं। साथ ही कुछ हेट्रोज़ भी विवाह नहीं करते—अपनी इच्छा से।"

"विवाह हो जाने से तब वह गे नहीं रहते?"

"गे गे ही रहता है। हेट्रो हेट्रो—क्योंकि यह कोई छूत की बीमारी नहीं। क्या औरत के पास जाकर आदमी औरत बन जाता है। इडियट... बिल्कुल रहते हैं। यह तो वो हुआ कि अगर हेट्रो-सेक्सुअल किसी गे से सेक्स करे तो वह हेट्रो नहीं रहता। गे विवाह हो जाने के बाद भी अपने मित्रों से अवकाश में हँसते-खेलते और सेक्स भी करते हैं।"

“सर यह तो उनकी पत्नियों के साथ इन्साफ़ न हुआ।”

“लेकिन इसका जिम्मेदार वो नहीं, उनके माँ-बाप या फिर समाज होता है। सिर्फ़ इतना ही नहीं वो एक पहचाने जाने के भय से अलग घिरे रहते हैं।”

“मने?”

“मने कि अगर गे होने से पकड़ा गया तो नौकरी तो गई ही, दस वर्ष क़ैद और भुगतनी पड़ती है।”

“सर कौन पकड़ता है?”

“पुलिस?”

“कैसे?”

“पुलिस गे लोगों के अड्डे जानती है और वैसे भी दो मर्दों को हाथ में हाथ दिए देखकर गिरफ्तार करने का ऑर्डर भी रखती है। नतीजा, यह एक क्रिमिनल की तरह निरन्तर भय में जीते हैं। और पुलिस के लिए एक हराम की कमाई का एक और ज़रिया बन जाता है।”

“लेकिन सर, सरकार, समाज या फिर पुलिसियों को क्या प्रॉब्लम है कि वह कैसा सेक्स पसन्द करते हैं ? उनकी बहू-बेटियों को तो नहीं रेप कर रहे होते, जैसे आम मर्द करते हैं।”

“तुम ठीक कह रहे हो,” कर्नल आगे बोला,

“और तो और जिस तरह गे, बाई-सेक्सुअल, लेस्बियंस और हिजड़े पूरी दुनिया में फैले हुए हैं उनके आँकड़ों को देखते हुए हेट्रो माइनॉरिटी में नज़र आते हैं।”

सुनकर पार्थ सकते में था। फिर बोला,

“तो सर... ?”

“तो सर क्याऽऽऽ...। सिर्फ़ इतना ही नहीं, जिस क़दर गर्ल-चाइल्ड की हत्या में हेट्रोज़ लगे हुए हैं, उस हिसाब से तो एक दिन इन्हें ‘वाइफ़ पूलिंग’ करनी पड़ेगी।” कर्नल अब चिन्तित था।

“मने वाइफ़ के साथ तैरेंगे...क्यों सर?”

“इडियट,” कर्नल गुर्राया...“एक वाइफ़ को कई मर्द शेयर करेंगे...और यह पता नहीं चलेगा कि आनेवाला बच्चा किसका है...”

“यह तो भयंकर स्थिति होगी सर, महाभारत जैसी।” कहते साथ पार्थ अपने परिवार को एक टापू पर सुरक्षित देख प्रसन्न हो रहा था, कि इतने

में कर्नल बोले,

"महाभारत बन्द कब हुआ...पार्थ ये बात और है कि अब वो महान भारत कहलाता है?" फिर बोले,

"जिन गे लोगों को आज समाज नकार रहा है, एक दिन उनकी इतनी मेजोरिटी होगी कि समाज उनके बूट-पॉलिश करता दिखेगा।" और वो हो-हो कर हँस पड़ा, "जिसके लिए वह खुद ज़िम्मेदार होंगे।"

कर्नल आगे बोला, "फिर एक ज़माना वो आएगा, जब हर डिपार्टमेंट में गे काम कर रहे होंगे—ऊपर से लेकर नीचे तक, और हेट्रोस को नौकरियों के लिए अपनी आइडेंटिटी छुपाकर गे या फिर बाई-सेक्सुअल क़रार देना पड़ेगा। ठीक उसी तरह जैसे आज गे का हाल है। फिर सेक्शन 322 की जगह सेक्शन 420 ले लेगा।" और वो हँसा।

"आप क्या कह रहे हैं...सर जी।"

"ये ज़िन्दगी के मेले, ये ज़िन्दगी के मेले
दुनिया में कम न होंगे
अफ़सोस हम न होंगे।"

कुछ रुककर, "वो कहते हैं न, अभी आगे और भी है...देखते रहिए" और कर्नल हो-हो कर हँसा। फिर बोला, यह तो मात्र कर्टेन रेजर ही है पार्थ!"

"कबीरा तेरी झोपड़ी, गल कटियन के पास...जो करेंगे, सो भरेंगे...तुम क्यों भये उदास!" कर्नल संजीदा हो गया। लेकिन दूसरे ही क्षण पार्थ को सम्बोधित कर बोला,

"जागो मोहन प्यारे...जागो..." फिर आगे बोला,

"शेष महिलाएँ 'एड्स' से मर रही हैं...साथ छोटे-छोटे बच्चे भी...लाम और टेररिज़्म से मौतें फिर भी अलग जगह रखती हैं लेकिन अपनी ही पीढ़ी को स्लो पॉइजनिंग से मारना कहाँ की अक़्लमंदी है? क्या इन लोगों को कल की परवाह नहीं!"

और पार्थ—पार्थिव।

"क्या तुम जानते हो कि हरियाणा और बहुत-सी ऐसी जगहों में जहाँ गर्ल-चाइल्ड को मार दिया जाता है वहाँ के लोगों को अपने शहर में बारात देखने तक को नहीं मिलती!"

"सर जी..." पार्थ हकला गया।

"हमारे नेता मात्र फाउंडेशन-स्टोन रखने में लगे हुए हैं...आख़िर

किसलिए...यह फाउंडेशन-स्टोन सीमेट्री-स्टोन ज्यादा लगते हैं...कल की किसी को परवाह नहीं।'' कर्नल कहता गया,

''यों भी पार्थ हमारे देश में औरतों की कोई इज़्ज़त नहीं...वो मात्र पालतू तवायफ़ें मानी जाती हैं। ठीक ही है, अगर पूरे हिन्दुस्तान में नहीं तो एक सेक्शन में तो महिलाओं में जागृति आ रही है...लेकिन वो भी अपने लिए...लेकिन अगर कोई और उनके लिए सोचने को तैयार नहीं तो उनका अपने लिए सोचना भी कहाँ ग़लत है? फिर चाहे हर तरफ से विनाश ही विनाश क्यों न हो। जहाँ लोगों को एक दूसरे के साथ जीना नहीं आता... मरना ही आता हो...वहाँ किया भी क्या जा सकता है।'' कर्नल उफन रहा था।

''हमारे हिन्दुस्तान में एक ही कमी बहुत है...यहाँ 'क्रान्ति' कभी नहीं आ सकती...यों 'मेरा भारत महान' या फिर 'इंडिया शाइनिंग...पई वो कैसे?''

''लेकिन सर यह कितना मुश्किल होगा...हम लोग अपने लिए क्यों इतनी परेशानियाँ पैदा करते रहते हैं ?''

''हाँ, लेकिन मरता क्या न करता...'' फिर थोड़ा गम्भीर होकर बोले, ''अगर सँभल गए तो...हो सकता है वो सुबह कभी तो आएगी...''

''और सर हम गे लोगों को इतनी हीन-भावना से देखते हैं–क्या यह अपने में हीन-भावना नहीं...''

''हाँ, यही बात समझ में नहीं आती। क्योंकि ऐसा कोई क्षेत्र नहीं जहाँ गे काम न कर रहे हों। जब तक उनकी आइडेंटिटी छिपी रहती है।''

''कोई क्षेत्र से मतलब ?''

''यह लोग पढ़े-लिखे होते हैं। कोई डॉक्टर, आर्किटेक्चर, इंजीनियर, ऐक्टर, फैशन डिज़ाइनर, जज, लेखक, राजनीतिज्ञ सभी कुछ होते हैं। लेकिन इसका मतलब यह नहीं कि यह छोटी जातों में नहीं होते–ठीक हेट्रो जैसे।''

''सर इतने पढ़े-लिखे...''

''लेकिन समाज के नाम पर धब्बा।''

''सर मुझे तो समाज ही धब्बा लगता है जब वह स्वयं इसका हिस्सा होते हुए भी उसे स्वीकारना नहीं चाहता।''

''तुमने ठीक कहा...लेकिन यह सिर्फ़ इतना ही नहीं है...''

''जी।''

और वो उत्सुकता से बोला, ''इनके पास हेट्रो याने मेरे जैसे लोग भी जाते हैं जो अपनी पत्नियों से सेक्सुअली प्रसन्न नहीं होते। क्या तुम समझ सकते हो कि समाज का कितना हिस्सा इसमें शामिल है।''

''सर, यह तो हद हो गई, लेकिन हेट्रो क्यों सर...''

''मैंने तुम्हें पहले भी बताया था कि औरत किस विशेष प्रक्रिया से इनकार करती है—कॉक सकिंग से...और पुरुष की यह सबसे बड़ी कमज़ोरी है और उसकी यह इच्छा की पूर्ति भी वहीं होती है। और वो जाता है। तुम्हें जानकर ताज्जुब होगा कि गे हेट्रो और महिलाओं में बहुत लोकप्रिय है।''

''औरतों में कैसे सर ?''

''कुछ बहुत खूबसूरत और प्यारे होते हैं। उसके बावजूद औरतें अपने को गेज़ के साथ बहुत सुरक्षित महसूस करती हैं। औरतों के साथ उनकी शॉपिंग करना या उनकी समस्याओं को सुनने और समय देने की योग्यता रखते हैं। आम आदमी फ़िर भी अपनी पत्नी के लिए इतनी पूर्णता लिए नहीं होता।''

पार्थ ध्यान से सुन रहा था।

''तुम्हें शायद मालूम नहीं कि इस झूठे समाज में आज आम आदमी और औरतों के अधिकतर मित्र गे हैं जो उनकी पार्टियों, मुंडन, शादियों और प्रत्येक महत्त्वपूर्ण अवसर पर आमन्त्रित होते हैं।''

''सर यह तो बहुत अच्छी बात है...लेकिन ज्यूडिशियरी या पुलिस...''

''कैसी ज्यूडिशियरी ? कैसी पुलिस ? जिनमें स्वयं यह लोग पाए जाते हैं। लेकिन अपने रुतबे और नौकरी की वजह से स्वीकारते नहीं। ज्यूडिशियरी तो गे-कम्युनिटी को मेंटली इल, सिक और डिजीज्ड मानती है। जिसमें वो खुद शामिल होते हैं। सेक्शन 322 के अन्तर्गत अगर पकड़े गए तो दस वर्ष की जेल और जुर्माना अलग।''

''सर यह तो कोई इन्साफ़ न हुआ।''

''इन्हें तुम सड़कों, दफ्तरों, होटलों में शादियों में या फिर अपने एक दोस्त के लिए श्मशान में भी रोते पाओगे। लव दैम, हेट दैम बट यू कांट इग्नोर दैम।''

''यह वो पुरुषप्रधान समाज है जहाँ पुरुष अर्थात हेट्रो घर में दहेज और रेप के लिए माना जाता है।''

"हाँ सर, यह कितनी अजीब बात है। जहाँ समाज में लोगों ने उन्हें अपनाया हुआ है वहाँ संविधान इन्हें जकड़े हुए है। यह कुछ ऐसा है सर जैसे पाक और भारत के लोगों में तो मैत्री है लेकिन सत्ता मानने को तैयार नहीं। थोड़ा रुककर पार्थ बोला, "हाँ सर लेकिन इनको रोके तो कौन ?"

"इन्हें रोकने की कोई ज़रूरत नहीं पार्थ, आज नहीं तो समय के साथ यह भेद अपनी प्राकृतिक मौत मर जाएगा। क्योंकि लोग ज़िन्दगी जीना नहीं छोड़ देते। "वी आर द वर्ल्ड, यस ?"

"यस सर, वी आर द वर्ल्ड।"

इस बात पर पार्थ खुश था कि कर्नल ने सब हिसाब-किताब जोड़ा हुआ है। फिर थोड़ा रुककर कर्नल बोला, "तुम क्या समझते हो कि निचले दर्जे का जितना आदमी रोज़ हज़ारों की तादाद में बिहार, यू.पी. और बंगाल से यहाँ राजधानी में अपनी पत्नी, बच्चों को पीछे छोड़कर आते हैं, कोई संन्यास तो नहीं ले लेता ?"

"सर संन्यास क्यों लेंगे ? आख़िर परिवारवाले ठहरे।"

"संन्यास समाज से नहीं सेक्स से। यहाँ साल या फिर उससे अधिक जब उन्हें अपने परिवारों से दूर रहना पड़ता है, तो तुम क्या समझते हो कि वह सेक्स के बिना रहते हैं ?"

"नहीं सर, इतनी देर तो मुश्किल है। तो फिर वह कहाँ जाते हैं?"

"या आपस में या फिर गेज़ के पास। कभी क्लीनर, कंडक्टर और ड्राइवर को ढाबों या सिनेमा घरों के आगे एक-दूसरे को गोद में बैठे चुम्मियाँ लेते नहीं देखा ?"

"आप ठीक कह रहे हैं सर जी।"

"लेकिन अगर एनजीओ के एक्टिविस्ट्स इन्हें एचआईवी-एड्स के बारे में शिक्षित करना चाहते हैं तो 'हल्ला बोल' हो उठता है। इसी समाज की नादानी से आज समाज में एचआईवी पॉजिटिव बड़ी मात्रा में फैले हुए हैं। पूरी दुनिया में हलचल मची हुई है लेकिन हमारा समाज और ज्यूडिशियरी, 'मेरा भारत महान।' "

"जी मैं समझ सकता हूँ यह काफ़ी गम्भीर समस्या है।"

"यहाँ तक कि आज छोटे-छोटे बच्चे सेक्स में इन्वॉल्व हो जाते हैं। इसलिए सेक्सुअल एजुकेशन और भी ज़रूरी है।"

पार्थ को लगा कि उसके इर्द-गिर्द आग ही आग थी और उसे पता तक नहीं। वह बोला।

''यस सर।''

''सिर्फ़ इतना ही नहीं, हमारे समाज की बढ़ती जनसंख्या को भी गेज़ ने ही रोका हुआ है। ज़रा सोचो कि वैसे जनसंख्या क्या होती ? इन्होंने अपनी तरह से 'इकोलॉजिकल बैलेंस' बनाया हुआ है। क्या तुम जानते हो कि नार्थ अमेरिका, यूरोप में नीदरलैंड, डेनमार्क, स्वीडेन, फ्रांस, इंग्लैंड, जर्मनी, स्पेन, पोर्टलैंड, स्विटजरलैंड में गे को मान्यता प्राप्त है। फिर साउथ अफ्रीका, ताइवान, जापान, थाइलैंड, लॉस एंजेल्स, कोलंबिया और वाइफ्रेम भी इसमें शामिल है।

''जहाँ इकोलॉजिकल बैलेंस है वहाँ बायोलॉजिकल बैलेंस भी इन्होंने ही बनाया हुआ है। शादियों के लिए हेट्रोज के लिए लड़कियाँ कम पड़ रही हैं क्योंकि गर्ल चाइल्ड की हत्या हेट्रोज ही कर रहे हैं, फिर थोड़ा रुककर बोले, ''जानते हो गे बच्चे जब बढ़ रहे होते हैं तो अपने को कितना असुरक्षित समझते हैं। उन्हें पता तक नहीं चलता कि उनकी सेक्सुअलिटी क्या है? बहुत कन्फ्यूज़्ड रहते हैं। न पढ़ने में अपने को एकाग्र कर पाते हैं, न काम में। ऐसे में किसी के साथ शेयर कर पाना भी बहुत ही मुश्किल हो जाता है। अपने को शेष समाज से कटा हुआ पाते हैं...ओफ़ !''

यह सब सुन पार्थ को लगा कि दुनिया में इतना कुछ हो रहा है जिसका उसे ज़रा भी अन्दाज़ा नहीं। वह मन ही मन कर्नल को अपना गुरु मान बैठा।

कल रात की बात चूँकि पूरी नहीं हो पाई थी इसलिए अगले दिन कर्नल भरी तोप लग रहा था। पार्थ अभी बैठा भी नहीं था कि बोले...''फिर बाई-सेक्सुअल भी होते हैं।''

''सर यह क्या करते हैं?'' पार्थ चकित।

''यह स्त्री-पुरुष दोनों के साथ सेक्स करते हैं। इन्हें परिवार बनाना भी अच्छा लगता है, जिनमें बच्चे हों। यह पत्नी को भरपूर प्यार देते हैं।''

पार्थ अभी कल के वाकये से उभरा नहीं था कि आज बाई-सेक्सुअल

को जानकर और हैरान हुआ। उसके कुछ कहने से पहले कर्नल बोले, "लेकिन एक पुरुष के साथ सोने की भी तीव्र इच्छा रखते हैं। याने गे के साथ।"

"सर बड़े तगड़े लोग होंगे यह ?"

"बस तुम्हारी और मेरी तरह। अन्दर बाहर से खूबसूरत। यह कोई पहलवान नहीं होते।" और कर्नल हो-हो कर हँस उठा।

पार्थ को भी अपने पर हँसी आ गई। लेकिन दूसरे ही क्षण उसने कर्नल को गम्भीर मुद्रा में देखा, "इनमें सबसे जटिल समस्या लेस्बियंस की है। बहुत अफ़सोस और दर्दनाक।"

"सर यह कौन होते हैं ?"

"यह महिलाएँ होती हैं, जो आपस में सेक्स करती हैं...इन्हें इस काम के लिए मर्दों की ज़रूरत नहीं पड़ती।"

अब तो स्थिति पार्थ के बस से बाहर थी। फटी आँखों से वो चीख़ उठा।

"आप क्या कह रहे हैं सरऽऽऽ... ?"

"वही जो तुम सुन रहे हो, लेकिन 'पुरुषप्रधान' समाज होने के नाते यह पुरुषों की तरह अपना साथी ढूँढ़ने कहीं नहीं निकल सकतीं...आख़िर ठहरीं तो महिला ही न...शादी हो जाए तो क़यामत, न हो तो व्यर्थ...हाँ पढ़ी-लिखी फिर भी अपना रास्ता ढूँढ़ लेती हैं, लेकिन मध्यवर्गीय...यद्यपि यह प्रवृत्ति इतनी तीव्र है कि अख़बारों में लेस्बियंस के आपसी निर्णय तक छपने लगे हैं कि उन्हें साथ रहने से कोई नहीं रोक सकता। ज्यूडिशियरी हो या कोर्ट आख़िर कोई ज़िन्दगी को तो नहीं रोक सकता !"

जिज्ञासा होते हुए भी पार्थ यह नहीं पूछ सका कि महिलाएँ आपस में कैसे सेक्स कर लेती हैं...वह मूर्त बना बैठा रहा...शायद सहमा हुआ ज़्यादा।

फिर थोड़ी हिम्मत कर बोला, "सर यह एक दूसरे को पहचान कैसे लेते हैं ?"

"उनके सुरख़ाब के पर होते हैं—इडियट...यह काम उनका है, तुम्हारा नहीं। हालाँकि लहँगे के नीचे सभी एक से होते हैं।" और वो हो-हो कर हँस उठा।

और पार्थ को चैन आया कि कैसे उसकी पत्नी लेस्बियन और वो गे होते-होते बाल-बाल बचे होंगे। उसने मन-ही-मन अपने इष्ट देवता को

कोटि-कोटि प्रणाम किया।

फिर एक गहरे सदमे से बाहर आकर बोला,

''सर ऐसा कैसे हो जाता है...क्या पैदाइशी...'' उसे अपनी ब्याही बेटी की याद आई जो अपने पति के साथ खुशहाल दुबई में रह रही थी। फिर बिना उत्तर की प्रतीक्षा किए बोला।

''सर यह कोई मैन्युफैक्चरिंग डिफैक्ट तो नहीं ?''

सुनकर कर्नल हो-हो कर हँसा और बोला, ''मुझे यह शब्द बहुत अच्छा लगा...यार मुझे यह क्यों नहीं सूझा...''

पार्थ अपने को अब एक समझदार आदमी समझने लगा था। वह अपने वाक्य से सन्तुष्ट था कि इतने में कर्नल बोला,

''यह पैदाइशी नहीं बल्कि माइंड-सेट की प्रॉब्लम है जो कुछ बढ़ते बच्चों में पैदा होने लगती है...इसमें कोई इन्सानी ख़ुराफ़ात नहीं होती। सायकोलॉजिस्ट्स के पास ऐसे होने के कई-कई कारण हैं जो इन पर अलग-अलग लागू होते हैं। इसीलिए यह समझ नहीं आता कि यह स्थिति इतनी साइंटिफिक होते हुए भी ग़लत क़दम कैसे हुआ। ज्यूडिशियरी क्रिमिनल्स को ठीक कर नहीं सकी, इन्हें जेल भेजकर कैसे सुधारने वाली है।'' फिर थोड़ा रुककर बोले, ''क्रिमिनल तो ख़ुराफ़ाती होते हैं, जिन्हें ज्यूडिशियरी बदल नहीं पाई जो बाहर आकर फिर वैसे के वैसे ही होते हैं तो गे को क्या सोचकर सज़ा दी जाती है ?''

''हाँ सर, यह बात तो सोचनेवाली है...एक समस्या...''

कर्नल आगे बोला, ''तुम्हें याद है कि तुमने एक बार कहा था कि हर धर्म इन्सान को ईश्वर की सन्तान मानता है। जिसे हम 'प्रकृति' कहते हैं। यहाँ 'प्रकृति' और 'प्रवृत्ति' में समानता है। जब 'प्रकृति' मनुष्य के अन्दर घर करती है तो 'प्रवृत्ति' मानी जाती है।''

बहुत से पेड़ फल देते हैं। बहुत से नहीं, लेकिन इसका मतलब यह नहीं कि वह पेड़ कहलाना बन्द कर देते हैं। यह मात्र उनकी 'प्रवृत्ति' ही होती है। जैसे हम कई बार कह देते हैं। यार मुझे उसकी यह आदत पसन्द नहीं याने 'प्रवृत्ति'। लेकिन इसके लिए न तो पेड़ ही जिम्मेदार है और ना ही इन्सान। यह प्रॉब्लम उनकी नहीं आपकी है...जो हम सबमें अलग-अलग है।

उससे पहले कि पार्थ कुछ बोले, ''कोई भी चिन्ता की बात नहीं पार्थ !

समय बहुत अनुकूल होता जा रहा है। हमारी नई पीढ़ी बहुत ही समझदार है। जब हेट्रोज समाज और ज्युडिशियरी की नाक तले लिव-इन रिलेशनशिप पर उतर आए हैं तो और क्या चाहिए। यही लोग आगे चलकर गे कम्युनिटी को भी अपना ही हिस्सा मानकर जीएँगे, और जी रहे हैं। उन्हें कोई समस्या नहीं–अगर है तो समाज और ज्यूडिशियरी को और वो भी कब तक...और वो समाज है भी कौन ? हम सभी न ! जब उसमें ही कोई समस्या नहीं रहेगी तो फिर चिन्ता किस बात की...क्यों ?'' मुझे तो चारों तरफ खुशहाली ही खुशहाली नज़र आ रही है...रोण किस बात का हैं...पार्थ ! जो बातें अभी तक रुकी हुई थी वह आगे चलकर निकल जाएगी। मुझे पूरी उम्मीद है।'' फिर थोड़ा उदासीन भाव में बोले,

''लेकिन दुख की बात यह है कि गे-कम्युनिटी की अपनी कई समस्याएँ हैं ?''

''सर कैसी ?''

''जो सबसे दुखद चीज़ है वो यह कि यह अधिकतर जोड़ीदार नहीं बन पाते।''

''मैं समझा नहीं सर...''

''एक तो अपनी पसन्द का पार्टनर मिलना एक समस्या होती है। दूसरा इनमें आपसी प्रतिबद्धता नहीं आ पाती...''

''जैसे ?''

''जैसे इसमें इनके परिवार इनके साथ नहीं होते और ना ही औलाद होती है जो एक सामाजिक और नैतिक जिम्मेदारी लिये होती है...''

''मने...''

''मने अगर आज किसी के साथ है तो कल कोई और पसन्द आ सकता है। इनफिडेलिटी के बहुत शिकार रहते हैं।'' फिर थोड़ा रुककर बोला।

''यों यह समस्या हेट्रोज में भी है लेकिन फिर भी पारिवारिक प्रतिबद्धता उन्हें किसी हद तक बाँधे रहती है, जो मानसिक रूप से बड़ी सुखद नहीं भी होती। अगर आपस में एकरूपता न आई हो तो साथ-साथ मिलकर रहना भी इतना अच्छा अनुभव नहीं ही होता। बच्चों से अलग होना, चाहे स्त्री हो या पुरुष किसी के लिये कोई बहुत सुखद नहीं होता...''

''तो फिर गेज़ को इस विषय में इतना क्यों गिरा हुआ माना जाता है...''

''गिरे या उठे होने की बात नहीं...शायद दोनों की समस्या भले ही अपने-अपने रूप में मने हेट्रो और होमोस की समस्या से ताल-मेल खाती हो लेकिन उसके बावजूद गेज़ एक वीरानगी में जीते हैं और ज़िन्दगी से जूझते हैं। इनमें स्थिरता नाम की कोई चीज़ नहीं होती...हालाँकि किसी भी स्थिति का पूर्णतया बीज नाश नहीं होता क्योंकि इनमें भी काफ़ी जोड़ीदार होते हैं लेकिन अधिकतर यह लोग सन्देह में जीते हैं। 'आज' जो है ज़रूरी नहीं कि 'कल' भी हो।''

कर्नल काफ़ी देर मायूस हो बैठा रहा।

पार्थ को ''जी सर,'' कहना पड़ा।

''नतीजा कि यह लोग अधिकतर महिलाओं और हेट्रोस के साथ ज़्यादा वक्त निकालते हैं। यों यह इनकी ज़िन्दगी का पूरक तो नहीं होता लेकिन अवशेष रूप बन पाता है। दुख की बात तो यह है कि इतने पढ़े-लिखे नौजवान भी न अपने परिवार और ना ही अपनी गे-कम्युनिटी में अपने को इतना इन्वॉल्व कर पाते हैं। रिश्ते तो छोड़ो...''

''सर जी हेट्रोज और गेज़ की ज़िन्दगी इतनी पास-पास होते हुए भी कितनी दूर-दूर होती है।''

कर्नल बहुत देर तक बहुत ही गम्भीरता से कुछ याद करता लगा। फिर काफ़ी अन्तराल के बाद बोला,

''कोई 10 वर्ष पहले मैंने एक ही लेखिका की तीन कहानियाँ पढ़ी थीं। लेखिका का नाम ज़रूर याद नहीं आ रहा लेकिन कहानियों के नाम आज भी याद हैं।'' फिर थोड़ा रुककर दिमाग़ पर ज़ोर डालकर बोला,

''एक 'अनाथों के नाथ', 'लावारिस के वारिस' और तीसरी शायद 'विकल्प' थी। यह कहानियाँ मुझे आज भी इसलिए याद हैं, क्योंकि इन्हें पढ़ने पर इन्होंने मेरे अन्दर गहरी छाप छोड़ दी थी...

फिर थोड़ा रुककर बोले, ''गर्ल-चाइल्ड पर कहानी 'अनाथों के नाथ' थी जिसमें एक डॉक्टर और एक गर्भवती महिला के आपसी डायलॉग्स को छोड़कर और कुछ नहीं था। डॉक्टर महिला को उसके अनगिनत अबॉर्शन्स के बारे में वार्न कर रहा था और महिला थी कि वह एक वारिस के बारे में चिन्तित थी...अर्थात पुत्र सन्तान...बहुत ही नाज़ुक कहानी थी।

''जी'' पार्थ ध्यान से सुन रहा था।

कर्नल फिर थोड़ा रुककर सोचकर बोला, ''दूसरी कहानी 'विकल्प' थी।

वो 'विकल्प' जिसे हेट्रोज तो एंजोय कर सकते हैं लेकिन गे नहीं।"

"मने ?" पार्थ ने कहा।

"देखो दोस्त, तुम हेट्रोज और गे की समस्या को जहाँ समान समझते हो, वहाँ समान होते हुए भी कारण अलग-अलग हैं।"

"जैसे ?" पार्थ ने उत्सुकता से पूछा।

"जैसे हेट्रोज के पास अनेक विकल्प होते हैं...अर्थात उनके पास अपना पार्टनर चुनने की क्षमता है। यह बात अलग है कि गलत पार्टनर चुनने पर या फिर ग़लत जजमेंट पर वो एक दिन अकेला पड़ सकता है। लेकिन गे के पास यह प्रिविलेज भी नहीं क्योंकि यहाँ विकल्प जैसी कोई चीज़ नहीं—गे बुनियादी तौर पर अंडर प्रिविलेज क्लास है...एक तो समाज की तरफ़ से दूसरे उनके पास ऑप्शन होते ही नहीं...नतीजा वह अँधेरों में जीना सीख लेते हैं...क्योंकि जीवन में ऐसा पार्टनर ढूँढ़ना मुश्किल काम है जो लाइफ़ पार्टनर बन सके...यहाँ स्टेबिलिटी ढूँढ़ने पर नहीं मिलती और वह 'वीराने' में जीते हैं...यों तुम उनको फिर भी मुस्कराते हुए ही देखोगे...वो गाना है न...। *तुम इतना क्यों मुस्करा रहे हो...क्या गम है, जिसको छुपा रहे हो,* तुम इतना क्यों मुस्करा रहे हो।"

अपनी नम आँखें पोंछकर कर्नल आगे बोला,

"गे की नेचुरल कैलॅमिटी होती है जिसे नकारा नहीं जा सकता, जबकि हेट्रोज की अक्वायर्ड...वो गाना है न...*कितनी सूनी सूनी है...ज़िन्दगी यह ज़िन्दगी...मैं हूँ यहाँ...अजनबीऽऽऽ अजनबीऽऽऽ...*"

कुछ देर बाद उसी मायूस भाव में कर्नल बोला, "यार पार्थ, लिखनेवाले कैसे जिगर बाहर निकालकर रख देते हैं।" और पार्थ गुमसुम।

ऐसे वातावरण से कर्नल काफ़ी पस्त दिख रहा था लेकिन फिर भी हिम्मत जुटाकर बोला,

"लावारिस के वारिस" एक हिजड़े की ज़िन्दगी पर लिखी एक बहुत ही मार्मिक कहानी थी। मैंने उससे पहले हिजड़े की ज़िन्दगी के बारे में कभी नहीं सोचा था। लेकिन उस कहानी में लेखिका ने उसके अन्दरूनी अकेलेपन को बड़े संवेदनशील तरीक़े से बाहर निकालकर दिखाया था।

कर्नल की आँखें फिर नम थीं। वो आगे बोला, "जिनके कभी वारिस नहीं हो सकते, यानी जिनका 'अपना' कहने को कभी कोई नहीं हो सकता... ठीक ऐसा ही सूनापन गे की ज़िन्दगी में होता है यद्यपि यह पढ़े-लिखे और

जागरूक होते हैं। हेट्रोज तक उनको इस्तेमाल करते हैं--यानी धन्धा।''

और पार्थ जड़।

कर्नल आगे बोला, ''समाज या फिर ज्यूडिशियरी स्वीकारे या न स्वीकारे, उनकी निजी ज़िन्दगी में कोई फेरबदल नहीं आ सकता। यों तो किसी चीज़ का कभी बीजनाश नहीं होता, लेकिन फिर भी इनमें इसे एक 'चलन' भी नहीं माना जा सकता।''

कर्नल फिर मायूसी में गुनगुनाया...*कोई तो होता जिसको हम अपना कह लेते यारो...पास नहीं तो दूर ही होता...लेकिन कोई मेरा अपना।*

कमरे में इस समय घोर सन्नाटा छाया हुआ था...दमसार।

यद्यपि वातावरण अत्यन्त संगीन हो चुका था फिर भी कर्नल से बोले बिना नहीं रहा गया। उसमें इस समय तक जबर्दस्त आक्रोश आ चुका था। साथ ही पार्थ कई दिनों से महसूस कर रहा था कि कर्नल को सब कुछ खोलने की बहुत जल्दबाजी थी। वो सहज नहीं था।

फिर आगे बोला, ''आज हेट्रोज को गर्ल-चाइल्ड में प्रोत्साहित करने के लिए सरकार गर्ल-चाइल्ड के लिए बड़े-बड़े फंड का ऐलान कर रही है। कितने शर्म की बात है कि आज गर्ल-चाइल्ड की प्रोटेक्शन के लिए सौदा हो रहा है। क्या यह करप्शन को आगे बढ़ाने का दूसरा नाम नहीं...क्या हेट्रोज पर गेज़ की तरह कोई सेक्शन लागू नहीं किया जा सकता...जो अपने में कितना क्रिमिनल एक्ट है ?'' कर्नल अब आपे से बाहर हो गुस्से में काँप रहा था।

पार्थ को समझ नहीं आ रहा था कि वो ऐसे में क्या करे। बोला,

''आप ठीक कह रहे हैं सरजी...लेकिन ऐसे में एक अकेला आदमी कर भी क्या सकता है...यहाँ तो सब अपनी ही सोचते हैं...सर आपको इतना परेशान नहीं होना चाहिए...इससे कुछ बदलने वाला तो है नहीं...हाँ परिस्थिति बहुत गम्भीर है...'' कहते साथ पार्थ ने धैर्य देना ज़्यादा बेहतर समझा। फिर थोड़ा रुककर बोला,

''सर आपने एक नेचुरल और पता नहीं क्या बोला था...उसका मतलब क्या हुआ ?''

''नेचुरल कैलॅमिटी मने प्राकृतिक समस्या जो गे की है और एक्वायर्ड कैलॅमिटी याने हेट्रोज की जो ख़ुद की पैदा की गई है...में अन्तर है।''

''जी सर।''

''दिन-ब-दिन हेट्रोज में बदलाव आ रहा है...''

"सर कैसे ?" पार्थ बोला।

"आजकल औरतें बहुत अपॉर्च्युनिस्ट होती जा रही हैं।"

"मने..." पार्थ उत्सुक।

"पहले मोटा मुर्गा फँसाएँगी...फिर एक बच्चा पैदा करेंगी...उसके बाद तू कौन और मैं कौन..."

"इसका मतलब ?" पार्थ और भी उत्सुक।

"डिवोर्स और क्या ?"

"क्यों सर..."

"अच्छी मोटी एलिमॅनी लेकर अपनी स्वतन्त्रता का जश्न मनाने..." कर्नल अब भनभना रहा था।

पार्थ ताज्जुब में मात्र अपने को सँभालता इतना कह सका, "छोड़िए सर...आप क्यों परेशान हो रहे हैं।"

"यार पार्थ, अगर वही लेखिका जिसकी कहानियों का जिक्र मैंने अभी किया है, इन हेट्रोज का पर्दाफ़ाश कर गे लोगों की वीरानगी पर लिखे तो मेरी आत्मा को बहुत चैन मिलेगा, वाहे गुरु की क़सम।" कहते साथ कर्नल की आँखों में आशा की चमक दौड़ गई।

पार्थ बोला, "जी सर यह तो बहुत ठीक..."

कर्नल ने 'पार्थ' कहकर उसे टोका क्योंकि कर्नल जानता था कि यह तीर उसने हवा में छोड़ा था।

फिर आगे बोला, "हाँ, लेकिन् दूसरी दुखद बात यह कि हेट्रोस जब अपनी ज़िन्दगी से कट जाते हैं तो शरणार्थियों की तरह गेज़ में शामिल हो जाते हैं। यह कितनी त्रासद स्थिति है। यह आजकल के देवदास लगते हैं। यह लोग कुछ तो मजबूरी में या फिर वेराइटी के लिए इनके पास जाते हैं। एक तरह से धन्धा समझो।"

फिर थोड़ा रुककर एक उदासीन भाव में बोले, "सबसे बुरा वक्त गे का बुढ़ापे का होता है जब गे के पास अपना कहलानेवाला कोई नहीं होता। इनकी ज़िन्दगी किसी वेट्रन फिल्म स्टार से कम नहीं होती। यह लोग लगातार ब्यूटी पार्लर में अपनी साज-सज्जा के लिए जाते रहते हैं, क्योंकि इनकी डिमांड तब तक होती है जब तक यह जवान और प्रेजेंटेबल होते हैं।"

फिर थोड़ा रुककर एक गहरी साँस छोड़कर बोला, "जो बूढ़े गेज़

पैसेवाले होते हैं वो अपना समय विदेश यात्राओं, गोल्फ या फिर बिलियर्ड्स खेलने में निकाल देते हैं। लेकिन घर और मन से अकेले। बहुत ही तकलीफ़देह स्थिति होती है।''

''लेकिन सर यह तो हेट्रोज में भी होता है, जिनकी पत्नियाँ मर चुकी होती हैं और बच्चे जा चुके होते हैं।''

''हाँ पार्थ, ठीक मेरे जैसे।''

''सर...''

''ऐसे लोग फिर एक भरोसेवाला ड्राइवर रखते हैं जो उनका खाना, कपड़ा-लत्ता सभी कुछ सँभाल लेता है। बैंक और अन्दर-बाहर के काम कर आपको गाड़ी में बिठा घुमा-फिरा सकते हैं...लेकिन इतने पैसेवाले बहुत कम हैं...''

''जी सर...''

फिर थोड़ा रुककर कर्नल बोला, ''ऐसे होमोज़ अमीरज़ादे भी होते हैं जो अपने स्टेटसवाले से भी पहल करने में झिझकते याने इगो प्रॉब्लम रखते हैं। इनका हाल तो और भी बदतर होता है। पोर्न, किताबों और फिल्मों से शारीरिक पूर्ति करते हैं। या फिर विदेश जाकर।''

कर्नल आगे बोला, ''अगर देखा जाए तो अपने तरीक़े के सबसे सम्पन्न बाई-सेक्सुअल होते हैं। दे गैट द बेस्ट ऑफ़ बोथ द वर्ल्ड। अगर पत्नी समझदार होती है तो अपने बच्चों की सही परवरिश के लिए रुकी रहती है नहीं तो ले-देकर अलग हो जाती है।

''लेकिन अमूमन बाई-सेक्सुअल लोगों को पत्नी और बच्चों को खुश रखना आता है...क्योंकि उन्हें भी परिवार की ज़रूरत होती है। रोज़ की झक-झक के बावजूद गाड़ी चलती रहती है।

''बस अफ़सोस की बात है कि एनजीओ कितना भी एड्स से सुरक्षा के बारे में कितनी भी जानकारी क्यों न दें, कम है। सरकार मात्र बिलबोर्ड्स और डॉक्यूमेंटरी बनाकर हाथ धोना चाहती है और शेष वर्ग इनसे अनाप-शनाप पैसा बनाने में। बिल बोर्ड और डाक्यूमेंट्री देखता कौन है ? अन्तर आ सकता है तो स्वयं समाज में जो निरन्तर बदलता जा रहा है।''

फिर थोड़ा रुककर बोले, ''और यों भी औरतों में इतनी जागरूकता आ गई है कि वो न तो अपने बढ़ते बच्चों से ही और न अपने शौहर से ही किसी क़िस्म की बदतमीज़ी लेनेवाली है। आज वो अपने टर्म्स पर

जीती-जागती हैं।''

और पार्थ लौट गया था, क्योंकि अब उससे कर्नल का उत्तरोत्तर उत्तेजित फिर दुखी होना देखा नहीं जा रहा था। वो सब कुछ तोते की तरह निरन्तर बोलता रहता था--यद्यपि पूरे होश-हवाश में होता था।

अगले दिन भी पार्थ हलकी-फुलकी बातें कर शाम गुज़ारना चाहता था, क्योंकि उस दिन कर्नल काफ़ी पस्त लग रहा था। बोला,

''तुम्हारा पेट तो काफ़ी भरा होगा...कर्नल ने बड़े उदासीन भाव से पूछा।''

''हाँ, सर जी आज पत्नी ने काफ़ी हैवी लंच बनाया था।''

''क्यों?''

''सर आज शनिवार है...सो दफ्तर जाने के दिनों में छुट्टी के दिन वाइफ़ पक्का खाना बनाती थीं...वो प्रोग्राम आज तक चल रहा है।''

कर्नल 'हो-हो' कर हँसा और बोला, ''कंडोम जैसा...और फिर ठहाका लगाकर बोला, ''वैसे मेरा मतलब मेरी बातों से था।'' और वो फिर पस्त था।

पार्थ एकदम पलटा, ''जी सर उस लिहाज़ से भी काफ़ी फुल है।'' और अनजाने में ही पार्थ ने डकार ली।

''मुझे डर है तुम्हें बदहज़मी न हो जाए।''

''नहीं सर, ऐसा कुछ नहीं होनेवाला। आप बात करें।''

कर्नल काफ़ी देर मायूस बैठा रहा। फिर बोला, ''पार्थ आज तुम ड्रिंक बनाओ।'' ऐसा पहली बार हुआ था जो पार्थ को शंकित कर गया।

''जी सर।''

घूँट भरते ही कर्नल बोला, ''यार, तू तो परफेक्ट ड्रिंक बनाता है।''

''सर, शार्गिद किसका हूँ !'' पार्थ ने बात को हल्का रखने की कोशिश में कहा।

इस पर कर्नल फिर 'हो-हो' करके हँस पड़ा। और फिर मायूस हो गया।

पार्थ को समझ नहीं आ रहा था कि आज कर्नल इतना परेशान क्यों

है...साथ ही काफ़ी थका हुआ लग रहा था, यह अहसास भी पार्थ को तंग कर रहा था।

"सर जी, आप ठीक तो हैं ? मैं समझता हूँ आज आप आराम करें।"

"मुझे क्या हो सकता है पार्थ ! यह तो आसपास की अराजकता है जो परेशान किए हुए है। समाज बँट चुका है।" कर्नल ने बात का रुख़ बदला।

"सर आप पढ़ते और सोचते बहुत हैं।" पार्थ अब परेशान था क्योंकि ग्राफ बढ़ता दिखता था।

"यह बात तो ठीक है...कभी-कभी सोचता हूँ कि जो लोग अनपढ़ और दिमाग़ नहीं रखते शायद ज़्यादा सुखी रहते होंगे।"

"सर यह बात तो सही है। हमारे घर में तो थोड़ी परेशानी आ जाए तो हम दोनों ठीक से सो नहीं पाते और आप तो दुनिया को साथ लेकर चलते हैं।" अब पार्थ बात साफ़ करने की कोशिश में बोला।

"हाँ, यह बहुत बड़ा नुक्स है मुझमें।"

"नहीं सर, ऐसी बात नहीं। अनपढ़ आदमी भी ज़िन्दगी से क्या ले रहा है। सिर्फ़ वक्त काटता है...उसके पास कुछ सोचने-समझने को है ही नहीं।" पार्थ और कोई विषय न शुरू करने के लिए बोला।

"यों वक्त तो हम भी काट रहे हैं पार्थ। लेकिन उसके पास उसकी बेवकूफ़ी तो है जो उसे मस्त रखती है।"

"हाँ सर, सोचने-समझने में मस्ती तो चली जाती है। लेकिन..."

"छोड़ो पार्थ...हम एक समस्या और ले बैठे हैं।"

"जी सर, जितना कम सोचें..."

"पार्थ।"

कर्नल फिर मायूस था। पार्थ को समझ नहीं आ रहा था कि इसमें उसे क्या करना चाहिए। फिर धीरे से बोला, "सर आपकी परेशानी क्या है ? आज बहुत थके लग रहे हैं आप ?"

थोड़ा अपने से बाहर आकर कर्नल बोला, "जब मैं कॉलेज में पढ़ता था तो एक गोमती और गौतम मेरे साथ पढ़ते थे।"

पार्थ बात को समझने में सतर्क।

कर्नल फिर सोच में डूब गया।

अब पार्थ पस्त।

पार्थ ने हारकर कहा, ''जी सर।''

''दोनों बेहद खुश, जवान और खूबसूरत थे, दिमाग़ अलग रखते थे।''

''जी''

''दोनों के बड़े-बड़े मनसूबे थे और एक दूसरे के साथ सहमत भी थे। सिर्फ़ इतना ही नहीं एक दूसरे के बिना रह भी नहीं पाते थे।''

''सर, यह सुनकर बहुत अच्छा लगा। लेकिन आप...सहज ही रहें।''

''दोनों ने एमबीए किया और नौकरियों में लग गए। माँ-बाप ने विवाह भी कर दिया।''

''जी।''

कर्नल बोलते-बोलते फिर डूब चुका था। पार्थ फिर चिन्तित। लेकिन थोड़ा वक्त लेकर बोला, ''उनकी एक बेटी भी हुई थी जिसका नाम कैंडी था। बेहद खूबसूरत।''

''जी।''

अब कर्नल एक लम्बी ख़ामोशी में।

कर्नल ठीक है कि नहीं, जानने के लिए पार्थ जबरन बोला,

''जी''

''गौतमी बहुत कैरियर ओरिएंटेड लड़की थी और अपने बल-बूते पर उत्तरोत्तर तरक़्क़ी करती रही।''

''जी।''

''अच्छा पे-पैकेट, कॉरपोरेट लाइफ़ और पेज-थ्री।''

''जी।''

''गौतम ने कभी उसे किसी बात पर नहीं टोका और उसे पूरी फ्रीडम और स्पेस दी, क्योंकि वो उससे बेहद प्यार करता था।''

''जी सर।''

''जब कैंडी के बाद उनके कोई औलाद नहीं हुई तो मैंने सरसरी तौर पर गौतम से पूछा, यार इतना पैसा कमाते हो लेकिन सन्तान को लेकर इतनी कंजूसी! हम फ़ौजी इतना सोचें तो भी ठीक है।'' वो फिर रुके।

''तब गौतम ने बताया था कि गौतमी के शेड्यूल्स ऐसे हो गए हैं कि दूसरे बच्चे के लिए समय नहीं है।''

''यों तो मुझे फ़र्क़ न पड़ता अगर मैंने इतने बड़े घर में कैंडी को नैनी के साथ इतना अकेला न पाया होता।'' फिर थोड़ा रुककर बोले, ''कभी-

कभी तो मैंने शामों को कैंडी के साथ गौतम को खेलते देखा था। लेकिन गौतमी को कभी नहीं देखा।''

कर्नल फिर ख़ामोशी में डूब गया। हारकर पार्थ को, ''जी सर'' कहकर उसे अपने से बाहर निकालना पड़ता।

''गौतमी को जब मैंने एक बार देखा तो मैं उसे पहचान नहीं सका। कॉरपोरेट कपड़े याने आउटफिट्स और हाई सैंडल और एक भारी-सा पोर्ट फोलियो। कलाई पर बड़ी-सी महँगी घड़ी और हाथ में गाड़ी की चाबी जो इतनी जल्दी से फुर्र हो गई कि मैं 'हाय' भी नहीं कह सका। यह मध्यवर्गीय पहचान है जिन्होंने पहले कभी पैसा नहीं देखा।''

पार्थ सुनते-सुनते अब कर्नल की तरह ढीला होता जा रहा था। कर्नल फिर गुम था।

''जी सर।''

''फिर शायद अलग-अलग बेडरूम हो चुके थे और कैंडी को नैनी स्कूल से घर और घर से स्कूल...वग़ैरह-वग़ैरह...''

''सर ऐसा क्यों ?''

''गौतमी बहुत ऊपर जाना चाहती थी। इसके अतिरिक्त ऑफिस के क्लीग्स की अटेंशन की उसे आदत पड़ चुकी थी। बॉस की अलग से।''

''लेकिन सर कैंडी...''

''ऐसे बच्चे जो बिराने और इनसिक्यूरिटी में जीते हैं कभी किसी पर भरोसा नहीं कर पाते। भले से भले लड़के को भी शक की नज़र से देखते हैं। मित्रों में तारतम्यता नहीं आ पाती। एक रिक्लूज़ की ज़िन्दगी जीते हैं।''

''लेकिन सर कैंडी का क्या हुआ ?''

''आज तो पता नहीं...उसका क्या गौतमी और गौतम तक का पता नहीं...''

''लेकिन तब कैंडी...''

''किसी के साथ लीव-इन-रिलेशनशिप में थी।''

''मने?''

''किसी के साथ विवाह किए बिना रहना।''

''सर क्यों ?''

''वही असुरक्षा की भावना...रिश्ता चले न चले...तो अलग तो हो सकते

हैं।'' थोड़ा रुककर, ''एक्वायर्ड क्लेमिटी और क्या...।

''लेकिन सर यह कोई ज़िन्दगी तो न हुई।''

''पार्थ आजकल कॉरपोरेट की वजह से बच्चे ऐसे ही बड़े हो रहे हैं... आजकल बाहर हाल बहुत बुरा है...मौसम ख़तरनाक...''

''पर सर सेक्स...''

''जो बातें मैंने तुम्हें सेक्स के बारे में बताई हैं वो अपनी जगह हैं। यह मात्र उन लोगों के लिए रह गया है जिनके जीवन में पैसे की कमी है। तुम तो जानते होगे कि पहले परिवार में 10-12 बच्चे पैदा हुआ करते थे क्योंकि तब परिवारों को सेक्स और बच्चे ही बाँधते थे।'' कहकर कर्नल फिर खो गया। तो पार्थ बोला, ''जी सर।''

''क्योंकि मनोरंजन का कोई दूसरा साधन नहीं था...लेकिन आज कॉरपोरेट लोगों के पास इतना पैसा और पावर है कि वह आपकी बहुत-सी ज़रूरतों को पूरा करती है। जैसे बँगला, कारें, विदेश यात्राएँ, पार्टियाँ, बेहतरीन कपड़े, खाने और फ़ाइव स्टार होटल। वो लोग अब मात्र दस मिनट के सेक्स के मोहताज नहीं रहे। और बहुत-सी चीज़ें पीछे छूट जाती हैं और वो बहुत आगे निकल चुके होते हैं। वो गाना है न...

आज मैं ऊपर
आसमाँ नीचे
आज मैं आगे
ज़माना है पीछे...''

''सर पढ़-लिखकर...''

''ऐसा ही होता है। अनाप-शनाप बोलना, पीना-पिलाना, नाचना-गाना, क्योंकि आपके पास पैसा और शक्ति दोनों है–कॉरपोरेट है।''

''लेकिन सर आज भी दोनों कमाते हैं...''

''हाँ, वो लोग जो अपने घर को बनाने में लगे हुए हैं, लेकिन कॉरपोरेट शिक्षा कहती है 'अपने को बनाओ'।''

''तो सर फिर गे को क्यों बुरा कहा जाता है। वो तो घर नहीं तोड़ रहे होते...''

''अच्छे-बुरे का विवेक छोड़ो...आजकल एक का नुकसान तो दूसरे का फ़ायदा वाली बात है। यों भी गे आलू माने जाते हैं–हर सब्ज़ी में फिट हो जाते हैं। लेकिन हैरतवाली बात है कि सरकार ने सती, बाल-विवाह,

विधवा-विवाह में संशोधन कर दिए हैं—18 वर्ष का बालिग़ जो वोट दे सकता है और शादी भी कर सकता है लेकिन उसके लिए पीना 21 तक वर्जित है। फिर अन्य संशोधनों के साथ 322 अभी तक चल रहा है। यह बातें परिस्थितियों और प्रवृत्तियों की होती हैं। इन पर कोई रोक नहीं लगा सकता और ना ही लगा पा रहा है। कई लोगों को अपनी ही सालियों और भाभियों से परिस्थिति के कारण शादी करनी पड़ती है तो...कौन किससे सेक्स कर रहा है कि नहीं, क्या इसकी इजाज़त सरकार देगी ?'' साथ ही शराब पीने के लिए मजिस्ट्रेट से पूछने जाना पड़ेगा। कैसा क़ानून और कैसा क़ायदा ?''

''जी।'' कर्नल को अपना मन समेटने की बहुत जल्दी लगती थी। पार्थ महसूस करता।

''आज समाज में इतनी अराजकता आ चुकी है कि उसे कोई सँभाल नहीं सकता। कॉरपोरेट ने तो औरतपना ही ख़त्म कर दिया है। उन औरतों से कोई जवाब-सवाल नहीं कर सकता और ना ही वो आज किसी क़ीमत पर अपनी फ्रीडम और स्पेस को शेयर कर सकती है।

''लेकिन सर सेक्स...''

''वन नाइट स्टैंड होता है।'' वो काफ़ी फ्रस्ट्रेटिड लग रहे थे।

''मने पूरी रात खड़े रहो...''

''इडियट ? एक रात के लिए किसी के भी साथ।''

''और गौतम...''

''आज का पता नहीं लेकिन तब सुना था अपने गे मित्रों में रहने लगा था जहाँ उसे जीने का एक मौक़ा और मिला होगा। कुछ प्रवृत्ति और कुछ परिस्थितियाँ हेट्रोज को यहाँ ले आती हैं।''

कर्नल अब बिल्कुल गुम हो गया।

पार्थ सन्न।

फिर कर्नल अचानक उचककर बैठ गया। बोला, ''यार पार्थ हर एक के जीवन में एक ऐसा समय आता है जब उसकी आँखों के आगे उसका भूत करवटें लेने लगता है। यह वक्त बहुत भयानक होता है। लगता है वो उस सबको फिर से जी रहा है। यह अपनी तरह का एक मैनोपॉज़ होता है जो आपको झकझोर कर रख देता है। अपने को सँभालते-सँभालते आदमी दोहरा हो जाता है। अच्छा छोड़। यह सब...''

फिर थोड़ा रुककर, मूड बदलकर बोले, "यार पार्थ 'वाहे गुरु' ने चाहा था कि हम मिलते। यह कितनी अच्छी बात थी। मैंने तेरे को कितना बुरा-भला कहा लेकिन तूने चूँ तक नहीं की। यू आर द बैस्ट मैन, पार्थ।"

"सर आप क्यों मुझे शर्मिन्दा कर रहे हैं। इतना प्यार, समय और ज्ञान मुझे और कौन देता...सर जी।"

"इतने साल हो गए तुझे आते लेकिन मैं कभी तेरे गले नहीं लगा।" और कर्नल ने पार्थ को आगे बढ़कर अपने सीने से चिपका लिया।

"यार तू तो अब भी बहुत जवान है...गबरू है...हैं..."

"सर आपके जिस्म और जिगर की गर्मी भी कुछ कम नहीं।" और पार्थ की आँखों में आँसू थे। कर्नल की छाती से लगना कहीं उसे छू-सा गया था।

"छड यार इस गरमाई पर नहीं जाना चाहिए। यह आज है तो कल नहीं। भरोसा सिर्फ़ दिमाग़ पर करना चाहिए जो पीछे रह जाता है।"

"जी सर।"

"तो बता तू अख़बार पढ़ना कब शुरू करेगा ?"

"कल से ही सर जी। कल की पहली ख़बर मैं आपको लाकर दूँगा।"

"तो चल इसी खुशी में मैं तुझे अपनी घड़ी तोहफ़े में देता हूँ।" और कर्नल ने जल्दी से अपनी घड़ी उतारकर पार्थ के हाथ में बाँध दी।

"लेकिन सर..."

"यार तेरे को अब तक यह तो पता चल ही गया होगा कि मुझे एहसास है कि कौन वक्त निकल गया है और कौन आ रहा है। फिर घड़ी क्या करनी हैं !" अब वो हल्का महसूस कर रहा था। मानो ज़िन्दगी का बोझ उतर गया हो।

फिर थोड़ा रुककर बोला, "एक गाना याद आ रहा है, मुझे गले से लगा लो बहुत उदास हूँ मैं ग़मे जहाँ से उठा लो।"

"सर आप बहुत थके हुए हैं--आप आराम करें--यों भी बहुत समय निकल चुका है।"

"हाँ पार्थ, वक्त काफ़ी बीत चुका है और मैं थक भी बहुत गया हूँ। लेकिन हल्का भी बहुत महसूस कर रहा हूँ। पर अब तुम्हें लौट जाना चाहिए।" उन्हें पार्थ से हाथ छुड़ाने में काफ़ी दिक़्क़त महसूस हुई लेकिन

अपना पूरा ज़ोर लगाकर वह पार्थ का हाथ छोड़ पाए। फिर आहिस्ता से दरवाज़ा बन्द कर दिया।

पार्थ आज पहली बार एक गहरी जिम्मेदारी के साथ लौटा था। जैसे पहले कभी नहीं। इस एहसास के साथ कि आज उसने कर्नल को बेहद तकलीफ़ पाते देखा था। अपने मित्रों को याद करते वो जिस यंत्रणा से गुज़रा था, पार्थ के ज़ेहन में करवटें ले रहा था। गौतमी, गौतम और कैंडी जैसे अनेकों के लिए...गे-कम्यूनिटी के सूनेपन को लिए...

पार्थ को अगली सुबह भी रात की बातें ज़ेहन में तंग कर रही थीं।

उसे याद आ रहा था कि कल रात लैना और बुल कितनी बेचैनी से करवटें बदल रहे थे और बार-बार कर्नल के हाथ-पैर चाट रहे थे, लेकिन कर्नल कहीं नाराज़ नहीं दिख रहा था। वो सब स्वीकार रहा था—मन से, ना कि तन से...

वाहे गुरु ?

यार पार्थ, एक गाना याद आ रहा है।

"मुझे गले से लगा लो, बहुत
उदास हूँ मैं...
ग़में जहाँ से उठा लो बहुत
उदास हूँ मैं..."

फिर एक उसाँस भरकर बोला, "पार्थ मैंने अपनी पूरी ज़िन्दगी में कभी इत्मीनान या खुशी नहीं देखी...शायद है भी नहीं...शायद उसी को ढूँढ़ते-ढूँढ़ते आदमी का वक्त पूरा हो जाता है...हर नई सुबह की आस में...नहीं तो ज़िन्दगी का सफ़र काटे नहीं कटता...।

पार्थ बेचैन था।

"नानक दुखिया सब संसार," कहते के साथ कर्नल सोफ़े में डूब गया था।

पार्थ अपने में परेशान था। साथ ही कर्नल का पस्त हो जाना उसमें अतिरिक्त घबराहट पैदा कर रहा था। बोला, ''सर, आज के लिए बहुत हो गया। यों भी मैं सब समझ गया हूँ। लेकिन अब आप आराम करें। आप बहुत थके लगते हैं... समय भी बहुत निकल गया है।''

''हाँ पार्थ में जानता हूँ समय काफ़ी निकल चुका है। और मैं थक भी बहुत गया हूँ।''

पार्थ के दिमाग़ में अब भी रात की बातें साफ थीं–'यार इस शरीर की गरमाई पर न जा। यह आज है तो कल नहीं।' या फिर 'मैं जानता हूँ कौन-सा समय जा रहा है और कौन-सा आ रहा है या यार तू अख़बार पढ़ना कब शुरू करेगा ?'

''सर कल की पहली ख़बर...''

उसकी क़मीज़ अब पसीने से पूरी तरह जिस्म पर चिपक चुकी थी। अख़बार उड़कर कहीं दूर भटक चुका था जिसकी उसे अब ज़रूरत भी नहीं थी।

''तो क्या कर्नल जानता था कि वो उसकी आख़िरी रात थी?''

उसे लगा उसका पूरा शरीर काँप रहा है। उसने हाथों को आपस में जोड़ने की कोशिश की लेकिन नहीं...बैठना मुश्किल हो रहा था। उसने किसी तरह अपने माथे को हथेली पर टेका और फूट-फूटकर रो पड़ा। वो जानता था कि बहुत कुछ है जो कर्नल अपने साथ लेकर गया है। बीच-बीच में कई बार कर्नल ने अपने मन को हल्का करने के लिए उसे कुछ धुनें सुनाई थीं, जो आज भी उसके कानों में गूँज रही थी :

1. *हँसने की चाह ने कितना मुझे रुलाया है...*
2. *चैन से हमको कभी आपने जीने न दिया...*
3. *तुम इतना क्यों मुस्कुरा रहे हो...क्या...ग़म है जिसको छुपा रहे हो...*
4. *वो सुबह कभी तो आएगी...*

पार्थ अब हिचकियों पर आ चुका था। वह और नहीं ले पा रहा था। उसके मुँह से निकला 'बस गुरु।'

वो काफ़ी देर हताश कुर्सी पर बैठा रहा। उसे लगा सूरज बहुत ऊपर

आ चुका है। उसे कुछ सूझ नहीं रहा था कि उसे आगे क्या करना चाहिए कि अचानक उसे एहसास हुआ कि वो 'बालिग' हो चुका है।

वो उठा और तैनात होकर चढ़ते सूरज को गौरवपूर्ण सलामी देते बोला, ''थैंक यू, सर।''

कहने के साथ ही सलामी देते समय पार्थ को कर्नल की उसकी कलाई पर बँधी घड़ी की टिक-टिक सुनाई दी...घड़ी बदस्तूर चल रही थी मानो कालचक्र हो...वो सुन भी और समझ भी रहा था...सूरज अब उसकी पीठ पर था...वो अब थक चुका था.. कुर्सी पर वापस बैठ वो 'सन्न' ! अब शून्य में खो चुका था...।

दो कहानियाँ

थोड़ा समय

वह ऊबा हुआ हमेशा की तरह आज फिर उसके बिस्तर पर आकर बैठ गया। "अब क्या हुआ ?" इस बार उसने अनमने भाव से उससे पूछा। वह एक किताब पढ़ने में डूबी हुई थी और किसी प्रकार के गतिरोध के लिए अपने को तैयार महसूस नहीं कर रही थी। वह काफ़ी देर उसके पलँग पर फैले ताम-झाम को बिना किसी तुक निहारता रहा। फिर ऊबकर बोला, "बड़ी बोरियत है।"

"हाँ, सो तो है।" उसने उसी तुक में जवाब दिया। फिर अपने पलँग पर फैले ताम-झाम को सरसरी तौर से देखकर बोली, "इसमें कोई शक नहीं, लेकिन इसका कोई इलाज भी तो नहीं।"

"लेकिन ऐसा क्यों होता है कि कोई भी चीज़ बहुत देर तक मन को बाँधती नहीं। मैं तो थक गया।"

"थकने से बेहतर है स्थिति को स्वीकारना।"

"इसमें स्वीकारने को है क्या ?"

"तो फिर भटकते रहो।"

"यह भी कोई बात हुई ?"

अब उसने अपनी किताब बन्द कर दी थी, "कहीं घूम क्यों नहीं आते ? कम्प्यूटर से थोड़ा ब्रेक..." उसने बात पूरी नहीं होने दी क्योंकि आज की वार्ता किसी भी अन्य दिन से भिन्न नहीं थी। वह अब और अतिरिक्त ऊबकर बोला, "क्या रोज़-रोज़ एक ही बात दोहराती रहती हो। आपके पास कुछ नया कहने को नहीं है ?"

"हाँ है। लेकिन कुछ समय के बाद वह भी पुराना हो जाएगा। ठीक जैसे आज तक..." वह ऊबा हुआ था। उसने बात काटी, "थोड़ा समय कम्प्यूटर देखो, थोड़ा समय टी.वी. देखो, थोड़ा समय टहल लो, वग़ैरह-वग़ैरह।"

और वह उसकी आँखों में ऐसे देखता रहा मानो इस सबके लिए वही जिम्मेदार हो।

"तो और क्या कहूँ। बताओ...मैंने तुम्हें कितनी बार महज़ यही समझाया है कि बोरियत से दूर रहने का तरीक़ा यही है कि थोड़ा समय..." और वह बीच में ही उठकर अपने कमरे में चला गया।

बेइन्तहा बहस-मुबाहसों के बावजूद वह अपनी चंचलता से समझौता नहीं कर सका। अभी पिछली ही बार कनक ने उसे अपने बचपन का खुलासा हवाला दिया था। "तुम्हें पता है हमारे समय में कुछ भी विशेष करने को नहीं होता था। यहाँ तक कि 'माया', 'मनोहर कहानियाँ', 'सरिता' और 'आजकल' जैसी पत्रिकाओं को छोड़ कोई दूसरी पत्रिका भी नहीं होती थी। उनको पढ़ने के बाद पूरा माह नए अंकों की प्रतीक्षा करते। फिर बच्चों के लिए मात्र एक 'चन्दामामा' बस। फिल्मी पत्रिकाएँ 'फिल्मफेयर,' 'फेमिना,' 'इलस्ट्रेटेड वीकली,' 'स्क्रीन' को छोड़ और कुछ नहीं होता था। और यों भी हमें फिल्मी पत्रिकाएँ पढ़ने की आजादी भी नहीं थी। फिर रेडियो सीलोन से अमीन सयानी की 'बिनाका गीतमाला' का पूरे हफ्ता बेताबी से इन्तजार करते...बहुत होता तो रेडियो पर क्रिकेट कमेंट्री सुनते, जिसमें महीनों का इन्तजार शामिल होता, क्योंकि उन दिनों क्रिकेट कोई रुटीन या प्रोफेशनल खेल नहीं हुआ करता था। माँ-बाप ने हमें कभी कुछ लेकर नहीं दिया। पिट्ठू और गीटों का खेल हम सड़क से पत्थर इकट्ठा करके खेलते। रस्सा टप्पी अपनी चारपाई की पुरानी दौनों को जोड़कर खेलते और उन्हीं से फिर पेड़ पर झूले भी डाल लेते। ताड़ी खेल, फट्टे बाल से ही खेली जाती थी। फिर लुकाछिपी, चोर-सिपाही, ऊँच-नीच या फिर खो-खो, भरा समन्दर यह सब खेल फोकट में ही खेल लेते थे। लेकिन आजकल तुम लोगों को कम्प्यूटर गेम्स, टेनिस, क्रिकेट, फुटबाल, टीवी, फिल्में...इतने कुछ के बावजूद तुम लोग बोर होते रहते हो।"

"आप बोर नहीं होती थीं, यह कोई मेरी बोरियत का इलाज तो नहीं।"

"तुम ठीक कहते हो। लेकिन जो तुम समझना नहीं चाह रहे, मैं उसके बारे में कह रही हूँ। जैसे आजकल की पीढ़ी के पास इतना कुछ है, इसके बावजूद उसकी बोरियत समझ में नहीं आती। तुम अपना समय क्यों नहीं बाँटते। थोड़ा समय यह और थोड़ा समय..."

"लेकिन कब तक ?"

"ज़िन्दगी-भर..."

और वह अवाक माँ को देखता रहा। मानो वह चाह रहा हो कि माँ अब भी अपनी बात को सुधार लें, क्योंकि चाहने पर वह सबकुछ उसके हक़ में मोड़ सकती थीं। वह अनुरोध से देखता रहा।

"तुम्हें पता है तुम्हारे कितने मित्र हैं ?"

"तो ?"

"हमें इतना मिलना-जुलना भी स्वीकृत नहीं था।"

"तो ?"

"मीडिया है, दुनिया-भर की जानकारी, इंटरनेट, डिजाइनर कपड़े-जूते, मोबाइल वग़ैरह-वग़ैरह लेकिन फिर भी भटकन ?"

"हाँ, लेकिन इन सबसे क्या होता है ?" फिर थोड़ी देर कुछ सोचकर बोला, "मेरी कुंडली कहाँ है ?"

"पिछली बार घर-सफाई में शायद निकल गई।"

"उफ़, मैं आज ही पंडितजी से दूसरी बनवा लूँगा।"

"इससे क्या होगा ?"

"कुछ तो पता चलेगा कि मेरी ज़िन्दगी का कुछ होनेवाला है कि नहीं।"

"जितना अच्छा तुम्हारे साथ आज हो रहा है, पहले कभी नहीं था।"

"जैसे ?" उसे लगा जैसे उसे कोई सुराग मिल गया हो।

"जैसे आज तुम्हें पता तो चल गया कि अगर पढ़ाई पूरी नहीं कर सके तो कम्प्यूटर तो है ही।"

"लेकिन कम्प्यूटर मेरी ज़िन्दगी तो नहीं।"

"और क्या होता है ज़िन्दगी में। क्यों तुम आज में नहीं जीना चाहते। कल को आज क्यों बुलाते हो ? अपने को थोड़ा वक्त तो दो। इतनी भी क्या जल्दी है ?"

लेकिन उसे सुनने की आदत नहीं थी, इसलिए बीच में बोला, "अच्छा, जनम का समय-स्थान फिर से बतलाओ।"

पंडित के पास से लौटने के बाद वह काफ़ी हल्का महसूस कर रहा था। हाथ में कुंडली से आश्वस्त और मन से स्वस्थ नज़र आ रहा था, "पंडित

ने बताया कि जब मैं 25 या 26 का होऊँगा तो सब ठीक हो जाएगा।''

''जैसे ?''

''जैसे 26 तक विवाह। उसका कहना है कि मेरी पत्नी मेरा सौभाग्य बनकर आएगी।''

''यह तो अच्छी बात है लेकिन 26 तक विवाह ? इतनी जल्दी ?''

''अब लिखा है तो क्या हो सकता है ? शायद इसी से कुछ हो।''

''लेकिन आज भी तो सब लिखा हुआ ही हो रहा है। तो समस्या क्या है ?''

''पता नहीं।''

लेकिन वह काफ़ी स्वस्थ था। भले ही थोड़े समय के लिए। शाम को हमेशा की तरह उसके कमरे में मित्रों की गहमा-गहमी थी। कुछ कम्प्यूटर गेम्स में उलझे हुए थे और कुछ इंटरनेट पर। हमेशा की तरह वह थोड़ी ताक-झाँक के बहाने चाय-नाश्ता पूछने गई कि अरुण बोला, 'आंटी मेरी गर्लफ्रेंड की फोटो देखो।' लेकिन फोटो के साथ कन्डोम का पैकेट भी जेब से बाहर आ गया। वह अनदेखा कर कमरे से बाहर आ गई। अपने पलँग पर बैठ उसने अपने को थोड़ा स्वस्थ पाया। उसे याद आया कि कैसे पिछली बार उसे कमरे के बाहर वियाग्रा शब्द सुनाई दिया था और वह वहीं की वहीं ठिठक गई थी। उस दिन फिर जब वह ऊबा हुआ उसके कमरे में अपनी बोरियत उँड़ेलने आया तो कनक ने उससे कहा, ''तुम्हें मालूम है कि हमें बचपन में कभी आज़ादी नहीं मिली।''

''तो।''

''लेकिन आज बच्चों को कितनी आजादी है। फिर भी बोर हो जाते हो। कारण जानते हो? सब कुछ इतनी जल्दी हो रहा है कि बोरियत तो होनी ही होती है। अगर समय से पहले सब कुछ चुक जाएगा तो बोरियत नहीं तो और क्या शेष रह जाएगा ?''

''जैसे ?''

''जैसे सब कुछ। हम लोगों को महज उतना ही पता चलता था जितने की आवश्यकता होती थी। उससे तनिक भी ज़्यादा नहीं। लेकिन तुम लोगों के लिए किसी भी उम्र या समय में नयापन या फिर ताज़गी बचेगी ही नहीं। जब आकर्षण ही समाप्त हो जाएगा तो बोरियत तो आएगी ही न ! क्या कभी इसके बारे में सोचा है। पश्चिम में क्या हो रहा है। वह 200 वर्ष

आगे है। अभी अधनंगे घूम रहे हैं तो आगे चलकर पूरी तरह नंगे घूमेंगे। वे तो बोरियत की चरम सीमा तक पहुँच चुके हैं। हम हालाँकि 200 वर्ष पीछे हैं लेकिन ग्लोबलाइजेशन और कॉरपोरेट कल्चर ने आज समय से पहले हमें भी वहाँ ला खड़ा किया है। ऐसे में...''

''यह स्पीड का जमाना है।'' वह बात काटकर बोला।

''यही तो गलत है। स्पीड में तुम वहाँ पहुँच चुके हो जहाँ आमतौर पर समय लगता है।''

''जैसे वैजयंती माला 'बहारो फूल बरसाओ, मेरा महबूब आया है' में एक घंटे में सिर्फ़ झूले तक पहुँची थी। आप यही समझाना चाहती हैं न ?'' वह मजे ले रहा था।

''नहीं, आजकल की स्पीड की हीरोइन तो एक छलांग में हीरो की गर्दन तक पहुँच जाती है। यानी जितनी स्पीड से आती है उतनी ही स्पीड से गायब हो जाती है ?''

''यानी ढेंचू-ढेंचू होना चाहिए ?''

''यानी आकर्षण होना चाहिए। आज लड़कियाँ इतने फैशन और कम कपड़ों में हैं कि विवाह के समय कोई नयापन ही शेष नहीं रह जाता। वे इस सिद्धान्त को मानकर चलती हैं कि नहीं निभेगी, तो स्वतंत्र हो जाएँगी।''

''पर इसमें खराबी क्या है ?''

''कुछ नहीं, बस कोई नयापन नहीं बचेगा सिवा बोरियत के।''

''बहुत विरोधाभासी विचार हैं।''

''हाँ सो तो हैं, जीवन में कोई भी चीज सीधी-सरल नहीं। मुझे याद है कि जब मैं तुम्हारे पापा के साथ पहली बार कश्मीर में रिक्शे पर बैठी थी तो मुझे बहुत दुख हुआ था।''

''क्यों ?''

''क्योंकि रिक्शा खींचनेवाले की पीठ पर हड्डियों को मैं चूर-चूर होते देख रही थी। मैंने तुम्हारे पापा से कहा कि मैं उतरना चाहूँगी। कारण जानने के बाद उन्होंने कहा था, अगर तुम समझती हो कि उसके रिक्शे में बैठकर तुम उसकी मौत का कारण बनोगी तो यह भी समझ लो कि तुम्हारे न बैठने से तो वह उससे भी पहले मर जाएगा।''

''कैसे ?''

''भूख से।''

"अब तुम मुझे बताओ कि क्या चीज विरोधाभासी नहीं है ?'

"तो ?"

"तो यह कि रिक्शेवाले की तरह समय से पहले..."

"कुछ नहीं होना चाहिए...लेकिन आज रिक्शा नहीं स्पीड का दौर है माँ।"

"वो स्पीड और कुछ नहीं मात्र सन्तृप्ति है। फिर उसे स्वीकार क्यों नहीं करते ?"

"यह भी अन्तर्विरोधी है।"

"यही मैं भी कह रही हूँ कि जीवन में सभी कुछ अन्तर्विरोधी है। कुछ लोग शान्ति में लगे हुए हैं तो कुछ बदले की भावना में। और तो और ज़िन्दगी जो इतनी बड़ी नियामत है, अपने साथ मौत लेकर आती है। अब तुम कहोगे कि यह कैसी नियामत है। तो भई, है तो है। रात-दिन, सुबह-शाम, सरदी-गरमी, अमीरी-गरीबी। इन सबकी आदत भी तो डाली ही है न। क्या यह सब अन्तर्विरोधी नहीं है ?"

उसकी जैसे सुनने-समझने की शक्ति जाती रही। लेकिन वह बदस्तूर बोलती रही, "यहाँ तक कि अपनी ही नाक के नथुनों में अन्तर होता है। अपनी ही एक आँख बड़ी और एक छोटी, अब जो रेगिस्तान बना है तो उसकी लकीरों में मौसमी अन्तर तो आ सकता है लेकिन रेगिस्तान बदस्तूर..."

वह हताश, हमेशा ही तरह लौट चुका था। सम्भवतः अपने कम्प्यूटर पर, शायद थोड़ा समय और निकालने।

पलँग पर फैले ताम-झाम पर उसने सरसरी नज़र डाली। फिर दूसरी तरफ मुँह कर आँखें मूँद लीं। वह बुरी तरह पस्त हो चुकी थी।

वध

पन्द्रह वर्ष का कारावास काट, बच्चे आज माँ को घर ले आए। बड़े बेटे अरुण ने परिचय कराया, ''माँ, यह पारुल और अंशुल...आपके नाती और यह मेरी पत्नी गरिमा...और यह सुहासिनी, वरुण की पत्नी...और यह है आपकी बेटी नीलम। गरिमा दिन में कॉलेज में पेंटिंग सिखाती है और शाम को घर में। सुहासिनी दिन में कॉलेज में नृत्य करती है और शाम को घर में...'' जिस पर सभी उन्मुक्त होकर हँसे...। ''और आपकी बेटी आर्किटेक्ट बनने जा रही है, कहो माँ कैसा लगा...।''

संध्या ने सन्तुष्टि में सिर हिला दिया। अरुण फिर बोला,

''माँ कमरा कैसा लगा... ? बिल्कुल आपकी इच्छानुसार...''

''हाँ, बहुत ही सुरुचिपूर्ण सजाया है...''

''अब माँ आप आराम करें!' फिर चलते-चलते मुड़कर बोला,

''और माँ जैसे भी आपका मन करे...जो भी आप करना चाहें...वैसा ही करें...यहाँ किसी को कोई भी दिक्कत नहीं। यों भी सभी अपने-अपने कामों में मस्त-व्यस्त हैं...आप भी...,'' संध्या सुन रही थी, सिर हिलाती मुस्कुराती रही।...

चार शब्दों में अरुण ने मानो उसे चार युग दिखा गए। रात में जब अकेली हुई तो उसे महसूस हुआ कि ज़िन्दगी बहुत आगे निकल चुकी है। कारागार में उसे ऐसा कुछ भी महसूस नहीं हुआ, क्योंकि वहाँ सम्भवतः समय थम-सा गया था। यों भी वहाँ सब एक जैसे थे—एक-सा खाना-पहनना और एक-सी दिनचर्या।...जीवन में पहली बार तो एकमत हो सकी थी !

लेकिन यहाँ सबकुछ उलटा। उसे वहाँ, कारावास कम और घर अधिक लगने लगा था, जबकि यहाँ घर कम कारावास ज़्यादा। शायद इसलिए कि वो सियासी या फिर आम कारावास था। और घर एक ख़ास कारावास। उसने

'आम' और 'ख़ास' में फ़र्क़ किया। 'आम' कितना 'अपना' और 'ख़ास' कितना 'बेगाना'। आम में सब बेगाने, लेकिन एक ही परिधि में और यहाँ सब अपने, लेकिन बेगाने...अपनी-अपनी परिधि में। वो अब सोचने लगी।...

फरवरी के दिन, जब छह बजे ही रात हो जाया करती थी और बाहर काफ़ी अँधेरा हो जाता था, तब निर्मल और संध्या सामने लैम्पपोस्ट के नीचे जाकर खड़े हो जाते। सन्नाटा बाहर कम, निर्मल के घर में ज़्यादा। यहाँ दिन में बहस और मुद्दे तय किए जाते, वहाँ शाम ढलते ही मातमपुर्सी छाने लगती, मानो कोई हादसा अभी-अभी हुआ हो। क्योंकि बाबूजी का रोज़ शाम को शराब पीना, निर्मल के लिए रोज़ एक हादसा ही होता। घर में सन्नाटा, क्योंकि ऐसे में बाबूजी के कान तक पहुँची कोई भी बात, किसी यूएनओ के मसले से कम न होती और वो सभी के साथ फिर फ़ालतू की जद्दोजहद में लग जाते। इसलिए...

बाहर हल्की बूँदा-बाँदी हो रही थी जिससे वो तो बचे रहे, लेकिन मसले से नहीं। संध्या को गीली सड़कें बहुत पसन्द थीं, लेकिन निर्मल ने उसका ध्यान बँटाया।

"बाबूजी चाहें तो शराब छोड़ सकते हैं, लेकिन छोड़ेंगे नहीं।"

"क्यों ?'

"क्योंकि वो छोड़ना नहीं चाहते।"

"ऐसा कैसे हो सकता है ?"

"क्यों नहीं हो सकता। अगर आदमी चाहे तो सब कुछ हो सकता है। हो इसलिए नहीं सकता, क्योंकि वो चाहते नहीं।"

"और वो क्यों नहीं चाहते ?"

"क्योंकि वो नहीं चाहते, बस...। बाबूजी को उनका इलाज कराने को, कितनी जगह ले जाने की सलाह दी मैंने। पर दिन में 'हाँ' और रात में 'ना'।"

"तो तुम ले क्यों नहीं जाते ?"

"क्योंकि वो जाना नहीं चाहते।" फिर थोड़ा रुककर बोला, "इसलिए संध्या डॉक्टरी पूरी करने के बाद मैं काउंसिलिंग में जाना चाहूँगा।"

"जैसे ?"

"जैसे एड्स, सिगरेट, शराब, स्मैक आदि। सरकार का यह जो घिसा-पिटा फ़ार्मूला है, उससे कुछ होनेवाला नहीं। जैसे क्लास में पिछली पंक्ति के बच्चों को अतिरिक्त और व्यक्तिगत सलाह की ज़रूरत होती है, ठीक वैसे ही...नारेबाजी से भी कुछ होनेवाला नहीं। तुम क्या समझती हो कि साइनबोर्ड पढ़कर लोग इन बातों से बाज़ आ जाएँगे। जबकि हम सब जानते हैं कि इसी समाज का एक वर्ग उनमें लतें डालने में लगा हुआ है। वो क्यों सफल हो जाते हैं, क्योंकि वह 'पर्सनल अटेंशन' देते हैं, प्रलोभन देते हैं और हम मात्र नारेबाज़ी में लगे रहते हैं। मात्र ख़ानापूरी में–आदमी इन सबसे तभी तक बचा रह सकता है जब तक वह इन्हें शुरू नहीं कर लेता।"

"ज़ाहिर है।"

"मेरा मतलब सिर्फ़ इतना ही नहीं।"

"तो ?"

"इनमें जाने के बाद भी छोड़ा जा सकता है।"

"कैसे ?"

"मात्र चाहने से–लेकिन वो नहीं चाहता बस।"

"तुम इसे जितना सिम्प्लिफाइड..."

"क़तई नहीं–तुम क्या समझती हो कि आतंकवादी बनना आसान है–वहाँ भी माइंड सेट, याने मन का सम्मान ही होता है–फिर ब्रेन-ड्रेन...मन को जीतनेवाली बात...मन के हारे हार, मन के जीते जीत..."

संध्या फिर भी सहमत नहीं थी। थोड़ी हिम्मत जुटाकर बोली, 'क्या फर्क पड़ता है अगर बाबूजी शाम को ड्रिंक ले लें–आख़िर सारी ज़िन्दगी उन्होंने तुम सबको माँ और बाप का प्यार और परवरिश दी है।'

"लेकिन इसका यह मतलब तो नहीं..."

"आज उनकी अपनी भी एक ज़िन्दगी है।"

अब दोनों पास ही संध्या के घर की तरफ चल दिए।

"क्या यही ज़िन्दगी है, अनाप-शनाप बकना ?"...

"शायद इस उम्र में और कुछ क्या..."

"गोल्फ है, चेस है या फिर लाइब्रेरी..."

"क्योंकि तुम ऐसा चाहते हो ?"

"नहीं, क्योंकि घर में और लोग भी हैं, अरुण के दो छोटे बच्चे। क्या वो यों सहमे-सहमे ही बड़े होंगे ?"

"लेकिन जब तक वो बड़े होंगे, वक्त बहुत बदल चुका होगा। क्यों हमेशा पिछली पीढ़ी ही समझौता करती रहे... ?"

"जो नहीं पीते...तो कोई ज़रूरी नहीं...।" "तो इसका अर्थ यह हुआ... और निर्मल जब 'कर्मा' पर बोलना शुरू करता तो लगता मानो फरवरी की ठिठुरती शाम में अस्सी घाट पर बैठ बनारस का पंडा नरसिंह शुक्ला 'धर्मा' का 'मन्त्रा' समझा रहा हो। बात फिर घूम-फिरकर काउंसिलिंग पर आ जाती। कहाँ-कैसे ज़मीन और क्लीनिक बनाना होगा। कैसे और कहाँ से लोन लेना होगा, वग़ैरह...वग़ैरह...।

कई बार बातों में संध्या इसी बहाने उसकी मन की शक्ति पर बाण छोड़ती जिस पर निर्मल बेबाक कहता, "तुम्हारे-मेरे बीच और कोई नहीं सिर्फ़ आस्था है। और हाँ, हमारे ऊपर आकाश-पाताल ज़रूर हैं !" और वो हँस देते।

फिर अचानक संध्या को अपने बाबूजी को लेकर अमेरिका जाना पड़ा—बाईपास कराने। वहाँ डॉक्टर भुवन उसका बायाँ हाथ या फिर मैन फ्राइडे। उसे भुवन से मिलकर अच्छा लगा। बाईपास के बाद भुवन की ही सलाह पर संध्या बाबूजी के साथ अमेरिका में और अतिरिक्त समय रुकी रही। भुवन का कहना था कि बाबूजी सफ़र के लिए काफ़ी कमज़ोर हैं और यों भी आबोहवा में बदलाव उनके लिए ज़्यादा लाभकारी सिद्ध हो सकता है।

भुवन की बातें नितान्त सुथरी और सुलझी होतीं। बड़ा भाई और बहन विवाह करके स्वतन्त्र रह रहे हैं—माँ से अलग।

"लेकिन माँ क्यों ?"

"पिताजी के अचानक कार-दुर्घटना में गुजर जाने के बाद, माँ ने हम तीनों को बहुत मेहनत और शिद्दत से बड़ा किया। आज वो जीवन की सन्ध्या से गुज़र रही हैं...उनकी अपनी एक ज़िन्दगी है..., अर्थात पूर्णतया स्वतन्त्र। माँ अब स्पेस चाहती हैं, जो कि ठीक भी है। जीवन में इतना कुछ झेल लेने के बाद यदि आदमी थोड़ी फ़ुर्सत ले सके, तो इसमें बुरा क्या है।

यों भी अड़चनों से तो आदमी कभी बरी नहीं हुआ। फिर थोड़ा जी लेना, चाहे जैसा भी...। सार्थक नहीं क्या...और सन्ध्या को लगता जैसे मदर टेरेसा प्रवचन दे रही हों : प्यार कर...हर चीज से...बर्दाश्त सीख...हर चीज से...शेष ख़ुदावंद पर छोड़...क्योंकि वो सब देखता है...सबको प्यार करता है... आमीन !''

'तुम्हें पता है मुझे मैगी बहुत अच्छी लगती है...हालाँकि वो एक हब्शन है...'

''तो... ?''

''तो वो माँ जैसी–है। निश्छल निर्मम...मैंने उसे कभी बाहर से नहीं आँका। क्योंकि वो ज़िन्दगी की मूरत है...उसे हर कोई मोह लेता है...डाल से बिछड़ा पत्ता या फिर कोई आहत पक्षी...वो ज़िन्दगी है...''

''तो फिर देर किस बात की?''

'कोई देर नहीं, लेकिन कोई जल्दी भी नहीं। हम एक-दूसरे को फलने-फूलने के लिए पूरा स्पेस दे रहे हैं...साथ ही अन्तिम फैसले के लिए भी...लेकिन आज तुम जो हो...

ऐसा नहीं कि संध्या को इसका आभास नहीं था, लेकिन आज बात खुल जाने पर उसने भुवन को निर्मल का हवाला दिया।

''मैं तुम्हारे स्पेस की भी क़दर करूँगा।''

''मैं तुम्हें लिखूँगी,'' कहकर संध्या लौट आई थी, सिर्फ़ यह जानने के लिए कि निर्मल को आकाश मिल गई थी। 'निर्मल आकाश' की लगी फत्ती उसे पंडों की याद दिलाती, जो 'कर्मा' के 'मन्त्रा' को श्रोताओं में ही सुरक्षित समझते–अन्यत्र कहीं नहीं।

लेकिन वो पाताल को रसीद हो चुकी। उसे भुवन को अपने रीते स्पेस के बारे में लिखने की तनिक भी इच्छा नहीं हुई, क्योंकि आस्था से अब उसे कोई वास्ता नहीं था। और वो निरन्तर डूबती चली गई। यों भी आज पाताल से उसे क्योंकर कोई बाहर निकालना चाहेगा। ठीक वैसे जैसे माँ कहा करती थी कि चढ़ते सूरज को हर कोई प्रणाम करता है...और वो निरन्तर डूबती चली गई।

फिर केदार...एक मंजा तमाशाई। उसने केदार का नहीं, अपना वध किया था, क्योंकि केदार एक दशमुँहा पिशाच, जो कभी मर नहीं सकता! उसने तो मात्र अपने को ही दे मारा था।

और आज अपने आसपास फैली साफ-सुथरी गृहस्थी में वो अपने को कितना बेतुका महसूस कर रही थी। आज बच्चों से इतना बड़ा इच्छादान पाकर, जिसमें उसका अपना कोई भी योगदान नहीं था, उसे निरर्थकता के अहसास के सिवाय और कुछ नहीं हो रहा था। ऐसे में तो अब यहाँ से और कहाँ जाए ? इतने वर्षों के एक नियमित कार्यक्रम के भंग होने से वो काफ़ी तंग महसूस कर रही थी। उसे लगा केदार आज भी उसका पीछा कर रहा है...वो मरा नहीं।...

वो बहुत थक चुकी थी। एक अरसे से एक गहरी नींद की तलब उसे लगातार परेशान किए हुए थी।

शाम को उसे घर लाया जा रहा था...और सुबह होते उसे ले जाया जा रहा था...

●●●